보
바
리 부
인

일러두기
- 이 책은 Gustave Flaubert, 『*Madame Bovary*』(Projecct Gutenberg, 2004)를 참고했습니다.

Madame Bovary

보바리 부인

귀스타브 플로베르 지음

살림

귀스타브 플로베르의 초상화

1856년 프랑스의 화가이자 조각가 지로 외젠이 그린 귀스타브 플로베르의 초상화. 플로베르는 프랑스를 대표하는 사실주의 작가 중의 한 사람이다. 외과 의사인 아버지와 의사의 딸인 어머니의 영향을 받아 어렸을 때부터 죽음, 질병 그리고 인간에 관해 깊은 관심을 보였다. 또한 소년 시절 『돈키호테』를 읽고 글쓰기에 흥미를 느끼게 되었다. 플로베르의 세련된 문체와 흥미진진한 이야기, 실험적인 스타일의 작품들은 동시대의 작가들에게 큰 영감을 주며 사실주의와 낭만주의, 자연주의, 구조주의에 이르는 현대 예술 사조를 이끌어냈다.

막심 뒤 캉(Maxime Du Camp)

막심 뒤 캉은 수필, 문예 비평 등 여러 방면의 글을 저술한 프랑스의 작가이자 사진가로, 귀스타브 플로베르와 가까운 친구 사이였다. 플로베르와 함께 여행을 다니기도 했는데, 여행 뒤 쓴 『이집트, 누비아, 팔레스타인, 시리아』는 최초로 사진 화보를 곁들여 출판한 최초의 책으로 꼽힌다. 『보바리 부인』이 연재된 잡지 「파리 평론」을 창간한 사람 중의 하나다.

『보바리 부인』 초판본 표제

1857년 출간된 『보바리 부인』 초판본의 표제. 부제는 '지방 풍속'으로 되어 있다. 플로베르는 당시 화젯거리였던 '들라마르 부인 사건' 같은 현실적인 문제를 소재로 작품을 써보라는 충고를 받았다. '들라마르 부인 사건'은 들라마르의 부인 델핀이 일상에 권태를 느끼고 그런 삶에서 벗어나고자 바람을 피우다가 파산하여 결국 자살하게 된 사건이다. 플로베르는 2년여간 동방을 여행하면서 소설을 구상하다가, 크루아세로 돌아오자마자 집필에 착수해 6년 가까이 공을 들인 끝에 작품을 완성했다.

『보바리 부인』 삽화

프랑스의 화가 알프레드 드 리치몬트가 그린 『보바리 부인』(1905)의 삽화. 엠마와 레옹의 모습이 담겨 있다. 순진한 청년이었던 레옹은 파리에서 지내는 동안 사랑 대신 다른 감정과 욕망으로 엠마를 보게 되고, 결국 엠마는 레옹과의 사랑을 유지하는 데 큰 대가를 치르게 된다.

보바리 부인 **차례**

제1부

제1장 · 012

제2장 · 022

제3장 · 031

제4장 · 038

제5장 · 046

제6장 · 055

제2부

제1장 · 072

제2장 · 080

제3장 · 089

제4장 · 101

제5장 · 108

제6장 · 118

제7장 · 130

제8장 · 145

제9장 · 153

제3부

제1장 · 162

제2장 · 172

제3장 · 179

제4장 · 184

제5장 · 197

제6장 · 208

제7장 · 214

제8장 · 227

제9장 · 233

「보바리 부인」을 찾아서 · 242

제

1

부

제1장

　학생들은 자습 중이었다. 교장 선생님이 교실로 들어왔고 사복을 입은 신입생과 큰 책상을 든 사환 아이가 뒤를 따랐다. 졸고 있던 아이들은 눈을 떴고 공부하고 있던 아이들은 놀라서 자리에서 일어났다.

　교장 선생님은 학생들에게 앉으라고 손짓한 후 자습 지도 중이던 선생님에게 말했다.

　"로제 선생님, 이 학생을 부탁합니다. 중학교 2학년 과정으로 편입했어요. 공부도 열심히 하고 품행도 올바르면 나이에 걸맞는 학년으로 올려줍시다."

　신입생은 문 뒤 구석에 엉거주춤 서 있어서 잘 보이지 않았으나 열댓 살 정도의 시골뜨기였고, 교실 안 그 누구보다도 키가

컸다. 머리는 마치 시골 성가 대원처럼 가지런히 깎고 있었으며 착실한 인상을 풍겼지만 눈에 띄게 안절부절못하고 있었다.

공부가 시작되자 그는 마치 설교를 듣는 것처럼 곧은 자세로 열심히 수업을 들었다. 그는 아주 우스꽝스러운 모자를 머리에 쓰고 있었다. 수업 중에 선생님이 그에게 일어나보라고 말했다. 그는 벌떡 일어났고 그 바람에 모자가 땅에 떨어졌다. 학생들이 왁자하게 웃음을 터뜨렸다. 그가 모자를 집으려고 몸을 구부리자 옆의 아이가 그의 팔꿈치를 건드렸고 모자는 다시 바닥에 떨어졌다. 그가 다시 모자를 집어 들자 좀 익살기가 있는 선생님이 말했다.

"그 투구 좀 치울 수 없을까?"

그러자 학생들이 다시 웃음을 터뜨렸고 그는 모자를 손에 들어야 할지, 땅에 떨어뜨려야 할지, 아니면 머리에 써야 할지 알 수가 없어 쩔쩔 맸다. 결국 그는 자리에 도로 앉아 모자를 무릎 위에 올려놓았다.

선생님이 다시 그에게 말했다.

"자, 다시 한번 일어나서 네 이름을 말해봐라."

신입생이 일어나서 뭐라고 말했지만 너무 빨라서 아무도 알아들을 수 없었다. 선생님이 "다시 한번"이라고 말했지만 이번에도 전처럼 빠른 말의 꼬리가 반 아이들의 야유 속에 묻혔다. 선생님이 "더 크게"라고 여러 번 소리치자 신입생은 결심이라도 한 듯 마치 누군가를 부르듯이 큰 소리로 외쳤다.

"샤르보바리!"

교실에서는 당장 난리가 났다. 학생들은 발을 구르며 "샤르보바리! 샤르보바리!"를 외쳐댔다. 겨우 진정이 되고 나서도 여기저기서 킥킥대는 웃음소리가 계속 터져 나왔으며 선생님이 그 벌로 학생들에게 많은 숙제를 내준다고 하자 소동은 겨우 가라앉았다.

선생님은 그에게 이름을 천천히 말해보라고 여러 번 반복하면서 철자를 맞추어본 결과 그의 이름이 '샤를 보바리'라는 것을 알게 되었다.

수업이 시작되자 그의 수업 태도는 아주 좋았다. 두 시간 동안 허리를 꼿꼿이 세운 채 다른 아이들이 펜촉을 튕겨 그의 얼굴에 종이 총알을 날려도 손으로 쓱 한 번 문질렀을 뿐 꿈쩍도 하지 않았다.

저녁 때 자습실에서도 그는 열심이었다. 단어 하나하나 빼놓지 않고 사전을 일일이 뒤지는 등 공부에 열의를 보였다. 그가 아래 학년으로 내려가지 않은 것은 분명 그 열성 덕분이었다.

그는 라틴어 문법은 어느 정도 깨치고 있었지만 작문에서는 아무런 멋도 낼 줄 몰랐다. 그의 부모들이 경제적 형편 때문에 학교에 보내는 걸 최대한 늦추었고, 마을 신부에게서 라틴어 기초만 배웠기 때문이었다.

그의 아버지 샤를 드니 바르톨로메 보바리 씨는 군의관 보로 일을 했었다. 그는 1812년 경, 모종의 추문 사건에 연루되어 군을 떠났다. 그는 잘생긴 용모 덕에, 그에게 홀딱 반한 어느 양말 장수의 딸과 결혼할 수 있었다. 지참금이 6만 프랑이나 되는 결혼이었다. 그는 미남에다 허풍선이였다. 결혼 이삼 년 동안 그는 거의 아내의 지참금으로 살았다. 근사한 음식만 먹고 늦잠을 잤으며 도자기 파이프로 담배를 피웠고, 연극 관람을 하고 밤늦게 집으로 돌아왔으며 카페에 들락거렸다.

그러던 중 장인이 죽었는데 유산이 별로 없었다. 그는 홧김에 섬유제조업에 뛰어들었다가 얼마간 손해를 보고 이번에는 농촌으로 물러나 토지개간을 하려 했다. 하지만 그는 농사일에 대해 무지한 데다, 말을 밭갈이 대신 자기가 타고 다니는 데 썼고 집에서 만든 사과주는 내다 파는 대신 자기가 다 마셔버렸으며 살찐 닭은 잡아먹었고 돼지기름은 사냥용 구두를 광내는

데 써버렸다. 그리고 얼마 지나지 않아 사업에서는 손을 떼는 게 현명한 짓이라는 것을 깨달았다. 그는 연 200프랑에 코 지방과 피카르디 지방의 경계에 있는 한 시골집을 세낸 후 그곳에 칩거한 채 하느님을 원망하고 세상 사람들을 시기하며 지냈다.

한때 남편을 무척이나 사랑했던 그의 부인은 자신의 지극정성에도 불구하고 남편이 자신으로부터 멀어지자 성격이 변했다. 한때 쾌활하고 인정이 많던 그녀는, 김빠진 포도주가 식초로 변하듯이 나이가 들어감에 따라 성격이 까다로워졌고 불평불만과 신경질이 늘었다. 하지만 그녀는 모든 것을 인내하며 말없이 모든 것을 견뎠고 자신의 분노를 속으로만 삭였다.

젊었을 때 여자 꽁무니만 따라다니던 남편이 이제는 몽롱한 상태에서 담배만 피워대며 모든 일에 오불관언으로 지내자 집안 살림뿐 아니라 바깥일 처리까지 모두 그녀의 몫이 되었다.

그녀는 좌절된 자신의 욕망을 모두 아이의 두 어깨 위에 올려놓았다. 그녀의 꿈속에서 아이는 벌써 훤칠한 미남자가 되어 있었고 재치가 있었으며, 토목기사나 법관이 되어 있었다. 그녀는 아들에게 글 읽기를 가르쳤고 피아노를 쳐가며 연가도 가르쳤다.

하지만 아이의 아버지는 그 모든 것이 다 쓸모없는 짓이라고 일축했다. 공립학교에 보낼 돈도 없고 사무실이나 가게를 차려 줄 능력도 없으면서 그래봤자 소용없다고 주장했다. 남자란 그저 배짱이나 두둑하면 출세할 수 있다고 아내를 윽박질렀다. 남편의 주장에 아내는 입술을 깨물 수밖에 없었고 아이는 아버지 뜻대로 바깥을 싸돌아다녔다.

샤를은 농부를 따라다니며 흙덩어리를 던져 까마귀를 쫓았다. 뽕나무에서 오디를 따먹고 긴 장대로 칠면조를 지켰으며 추수 때면 건초를 말렸다. 아이는 숲속을 뛰어다녔고 비 오는 날이면 교회 현관 아래서 돌차기를 하고 놀았으며 축제 때는 성당지기를 졸라서 종을 치기도 했다. 덕분에 아이는 떡갈나무처럼 무럭무럭 자라, 팔 힘도 세고 혈색도 좋은 아이가 되었다.

그가 열두 살이 되자 그에게 공부를 시키려던 어머니의 소원이 이루어졌다. 신부에게 아이를 맡길 수 있게 된 것이다. 하지만 공부는 너무 불규칙적이었다. 바쁜 일과에 시달리던 신부가 겨우 짬이 날 때에야 아이의 공부를 봐줄 수 있었기 때문이었다. 하지만 신부는 제자가 마음에 들어 이 젊은이가 아주 기억력이 좋다고 칭찬했다.

어머니는 거기서 멈출 수 없었다. 부인은 끈기 있게 남편을 졸랐고 보바리 씨는 지겨워서 순순히 양보했다. 그들은 아이가 첫 영성체를 받을 때까지 1년을 기다렸다. 그런 후 다시 여섯 달이 지나자 아버지가 직접 아들을 데리고 루앙의 중학교에 가게 된 것이다.

샤를은 공부를 열심히 해서 늘 중간 정도는 유지했다. 한 번은 자연사 과목에서 우수상을 받은 적도 있었다. 그가 3학년이 되자 부모들은 그가 독학으로 대학입학자격시험을 통과할 수 있으리라는 생각에 그를 자퇴시킨 후 의학 공부를 시켰다. 어머니는 로베크 하천가에서 염색업을 하던 친구 집 5층에 그의 공부방을 마련해주었다.

샤를은 병원 게시판에서 교과 목표를 보고는 정신이 아득해졌다. 해부학, 병리학, 생리학, 약제학, 화학, 식물학, 치료학 등은 말할 것도 없었고 위생학, 약물학까지 도무지 그 어원도 알 수 없는 단어들이 마치 장엄한 어둠으로 가득 찬 성전으로 들어가는 문처럼 버티고 있었다.

그래도 처음에는 열심이었다. 아침에 병원에서 돌아오면 어머니가 갖다 놓은 송아지 고기를 먹은 후 교실로 달려가 강의를 들었고, 자선병원을 뛰어다니며 그 미지의 문턱을 넘으려 애를 썼고, 주인집에서 준비해준 형편없는 저녁을 먹은 후 다시 공부에 몰두했다.

하지만 그는 차츰 야위어 갔으며 얼굴에는 수심을 띠게 되었다. 억지로 하던 공부였기에 차츰 초심을 잃고 강의를 빼먹기 시작했다. 그리고 점점 게으름의 맛에 익숙해지기 시작했다. 그는 놀음에 빠졌고 술 마시는 버릇을 들이기 시작했다.

결과는 뻔했다. 그는 보기 좋게 의사 시험에 낙방했으며, 그는 어머니에게 모든 것을 실토했다. 하지만 어머니는 그를 용서했고 모든 잘못을 시험관 탓으로 돌리고 그를 격려했다. 어머니의 격려 덕분이었을까, 샤를은 다시 공부를 시작했고 이번에는 진짜 열심이었다. 그는 아예 시험 문제의 답을 달달 외운 결과 의사 면허를 얻게 되었다. 비록 의학 학위가 없이 얻은 면허였고, 수술은 할 수 없이 간단한 치료만 할 수 있는 면허였지만 어쨌든 면허는 면허였다. 어머니로서는 그런 경사가 없었고 집안에 큰 잔치가 벌어졌다.

이제 어디서 개업하느냐가 문제였다. 토트가 제격이었다. 그곳에는 늙은 의사 한 명밖에 없었고 보바리 부인은 오래전부터 그가 죽기만 기다리고 있었다. 하지만 샤를이 그의 적수로서 맞은편 자리에 병원을 열었을 때 그 의사는 아직 살아 있었다.

아들을 극성으로 키워 의사를 만들고 토트에 개업을 시킨 것으로 모든 것이 마무리된 것이 아니었다. 아들을 장가보내야 했다. 어머니는 마땅한 여자를 골라냈다. 디에프에 사는 어느 집달리의 과부로서 이미 나이가 마흔다섯이나 된 여자였다. 그녀는 1년에 1200프랑의 연금을 받고 있었다. 얼굴도 못생긴데다 삐쩍 마른 여자임에도 불구하고 경쟁자는 여럿이었다. 특히 성당 신부들을 등에 업은 푸줏간 주인이 강적이었다. 하지만 어머니는 그 경쟁자들을 모두 물리치는 데 성공했다.

샤를은 결혼하면 훨씬 편하게 지낼 수 있으리라 생각했다. 좀 더 자유로워질 수 있고 돈도 마음대로 쓸 수 있으리라 기대했다. 그러나 그는 곧바로 엄처시하에 놓이게 되었다. 사람들 앞에서 할 말, 못할 말도 가려야만 했고, 금요일에는 육식을 할 수 없었으며, 아내가 입으라는 옷을 입어야 했고 진료비를 못 내는 환자들에게 독촉을 해야만 했다. 그녀는 샤를에게 오는 편지를 모두 뜯어보았으며 그의 뒤를 밟았고, 그가 여자 환자를 진찰하고 있으면 칸막이에 귀를 바싹 붙이고 엿들었다.

그녀는 내내 불평만 일삼았다. 샤를의 발자국 소리가 신경에 거슬린다고 툴툴댔고, 그가 외출이라도 하면 외로워 못 살겠다고 징징댔으며 집으로 돌아오면 자기 죽는 꼴을 보고 싶어서 돌아왔느냐고 생떼를 썼다. 또한 이불 속에 누운 채 그 삐쩍 마른 긴 팔로 샤를의 목을 감싸 안고 그를 침대가에 앉힌 다음 그가 자기를 잊었다, 이제 다른 여자를 사랑하는 게 아니냐, 모두들 자기가 결혼하면 불행하게 될 거라더니 사실이다, 라며 한바탕 넋두리를 늘어놓았다. 그런 다음 자기를 더 많이 사랑해달라는 말로 그 넋두리를 마무리했다.

제2장

　어느 날 밤 11시경, 부부는 말발굽 소리에 잠에서 깨어났다. 하녀 나스타지가 밖으로 나가 말을 타고 온 사람을 집 안으로 안내했다. 그는 편지를 꺼내 샤를에게 건네주었다. 푸른 밀랍으로 봉인된 편지에는 베르토에 다리가 골절된 사람이 있으니 샤를에게 왕진을 와달라는 내용이 적혀 있었다. 베르토는 토트에서 60리 이상이나 떨어진 먼 곳이었다.

　너무 먼 길인 데다 어두워서 바로 출발하기가 어려웠다. 새벽 4시경 샤를은 단단히 옷을 챙겨 입은 다음 말 위에 올라타고 길을 떠났다. 가는 도중에 날이 밝기 시작했다. 한없이 넓은 벌판이 펼쳐져 있었고 여기저기 농가를 둘러싸고 있는 숲들이 보라색 점들처럼 그 모습을 드러냈다.

베르토에 가까워졌을 때 도랑가에 앉아 있던 한 소년이 일어나더니 그에게 말했다.

"의사 선생님이세요?"

샤를이 그렇다고 대답하자 아이는 나막신을 손에 들고 앞장서서 달리기 시작했다. 가는 도중 길 안내하는 아이의 말을 들으니 루오 씨가 매우 퍽 부유한 농부라는 것을 샤를은 알 수 있었다. 그는 전날 밤 이웃집의 주현절 파티에 다녀오다가 다리를 다친 것이었다. 그는 아내와 2년 전에 사별했고 가족이라고는 딸 하나밖에 없었으며 그 딸이 아버지를 도와서 가사를 꾸려나가고 있었다.

농장은 훌륭했다. 열린 마구간 문을 통해 여물을 먹고 있는 포동포동한 짐말들이 보였으며 마구간 옆에는 퇴비더미가 김을 모락모락 피우며 산처럼 쌓여 있었다. 그리고 코 지방의 농가에서는 사치 품목이라고 할 수 있는 공작 대여섯 마리가 암탉과 칠면조들 사이에서 먹이를 쪼고 있었다. 양 우리도 길쭉했으며 헛간도 아주 높았고 벽도 매끈매끈했다.

모직 옷을 입은 젊은 여자가 문간에 서 있다가 샤를 보바리 씨를 부엌을 통해 이층 환자가 있는 곳으로 안내했다. 환자의 딸이었다. 환자는 이불 속에 파묻힌 채 땀을 흘리고 있었다.

50살쯤 되어 보이는 키 작고 뚱뚱한 남자였다. 옆 의자 위에 커다란 브랜디 병이 놓여있는 것으로 보아 가끔 그 술을 입에 대며 기운을 차리는 것 같았다. 그는 의사를 보자 갑자기 힘없이 신음 소리를 내기 시작했다. 지금까지 열두 시간 동안 계속 고래고래 고함을 지르며 욕설을 퍼붓던 것과는 딴판이었다.

샤를이 살펴보니 아주 간단한 단순골절로서, 오면서 생각했던 것보다 훨씬 치료가 쉬웠다. 샤를은 스승들이 부상자들을 대하던 모습을 떠올리며 부드러운 말로 환자를 위로했다. 샤를은 창고에서 가져온 널빤지들 중 적당한 것을 골라 자른 후 다듬어 부목을 만들었다. 그동안 하녀는 침대 시트를 잘라 붕대를 만들고 딸 엠마는 뼈와 부목 사이에 댈 작은 쿠션을 만들었다.

그녀는 쿠션을 만들기 위해 바느질을 하다가 손가락을 몇 번 바늘에 찔리기도 했으며 그러면 그녀는 손가락을 입으로 가져가 빨곤 했다. 샤를은 그녀의 손톱이 너무 깨끗하고 하얀 데 놀랐다. 반짝반짝 윤기가 났고 끝은 뾰족했으며 디에프산(産) 상아 세공품보다 더 잘 닦여 있었다. 그러나 그녀의 손은 별로 예쁘지 않았고 손마디가 굵었다. 그녀에게서 가장 아름다운 곳은 눈이었다. 갈색이었지만 짙은 속눈썹 때문에 까맣게 보이는 눈동자로 그녀는 상대방을 똑바로 응시하면서 대담한 눈길을 보내곤 했다.

붕대를 다 감고 나자 루오 씨가 의사에게 요기나 하고 가시라고 권했다. 샤를은 기꺼이 수락했다.

샤를은 아래층에 있는 식당으로 내려갔다. 작은 식탁 위에 식기 두 벌이 은으로 된 술잔과 함께 차려져 있었다. 그 작은 식탁에 함께 앉아 샤를과 엠마는 환자에 대하여, 날씨와 추위에 대하여 이야기를 나누며 식사를 했다. 식사를 하면서 그는 양쪽 앞머리를 뒤로 돌려 묶은 엠마의 머리 모양이 참 특이하다고 생각했다. 그로서는 생전 처음 보는 머리 모양이었다.

샤를이 2층으로 가서 루오 씨에게 작별 인사를 하고 다시 내려왔을 때 엠마는 창문에 기대서서 바깥을 내다보고 있었다. 샤를이 뭔가 두리번거리자 그녀가 돌아다보며 그에게 물었다.

"뭐 찾으시는 거라도 있으세요?"

"저, 제 채찍을 찾고 있습니다."

둘은 함께 침대 위, 문짝 뒤, 의자 밑 등을 찾기 시작했다. 밀 포대와 벽 사이에 떨어져 있던 채찍을 엠마가 찾았다. 그녀는 채찍을 집으려고 허리를 굽혔다. 샤를은 신사답게 잽싸게 달려가 자기가 채찍을 집으려고 팔을 뻗었다. 그 순간 몸을 숙이고 있던 엠마의 등에 그의 가슴이 스쳤다. 그녀는 얼굴을 붉힌 채 채찍을 그에게 건네주며 어깨 너머로 그를 바라보았다.

그는 사흘 뒤에 다시 오기로 약속하고 돌아갔다. 그러나 그는 바로 다음 날 다시 베르토에 갔으며 그 뒤로는 이틀에 한 번씩 정기적으로 왕진을 갔다. 그뿐이 아니었다. 때로는 날짜를 착각했다며 불시에 방문하기도 했다.

환자는 순조롭게 회복이 되어 46일이 지나자 루오 영감은 혼자 오두막에서 걷기 연습을 할 수 있게 되었다. 그것을 보고 사람들은 샤를이 아주 유능한 의사라고 높이 평가하기 시작했다. 루오 영감은 루앙의 일류 의사라도 그렇게 훌륭하게 치료할 수는 없었을 것이라고 말했다.

샤를은 자기가 왜 기꺼운 마음으로 베르토 농장에 자주 가는지 스스로 의아해하지도 않았다. 만일 그런 생각을 했더라도 환자의 부상이 심해서라거나 치료비를 생각해서라고 넘겨버렸을 것이다. 하지만 베르토 농장을 방문하는 일이 그의 따분한 일상에서 예외적인 즐거움이 된 것이 과연 그 때문이었을까?

그 날이 되면 샤를은 아침 일찍 일어나 말을 재촉해서 달렸으며, 말에서 내려서는 구두를 풀잎에 문질러 닦은 다음 검은 장갑을 낀 후에 안으로 들어갔다. 마당에 들어서기만 해도 기분이 좋았고 어깨로 밀면 스르르 밀리며 열리는 나무로 된 문의 감촉이 너무 좋았다. 그뿐이 아니었다. 담장 위에서 '꼬끼오' 소리를 내는 수탉, 그를 맞으러 나오는 하인 아이도 좋았고 곡식 창고와 마구간도 좋았으며, 그를 생명의 은인이라며 그의 두 손을 잡는 루오 영감이 좋았다. 또한 엠마가 신고 걸으면 딸깍딸깍 소리를 내는 그녀의 굽 높은 나막신도 좋았다.

엠마는 언제나 문 앞 계단 맨 위층까지 그를 배웅했다. 그녀는 하인이 말을 대령할 때까지 그곳에 서서 기다렸다. 작별 인사를 나누는 것 외에 둘은 아무 말 없이 말이 오기만 기다렸다. 바람이 불어와 그녀 목덜미의 짧은 머리칼이 나풀거렸고 앞치마 끈이 허리께에서 깃발처럼 흔들렸다.

샤를이 베르토에 자주 드나들기 시작하자 그의 아내는 언제나처럼 환자의 상태에 대해 꼬치꼬치 물었고 장부의 한 페이지를 아예 루오 씨용으로 삼았다. 그러나 루오 영감에게 딸이 있다는 사실을 알게 되자 백방으로 수소문해서 루오 양이 우르술라 수녀원에서 이른바 훌륭한 교육을 받았다는 것, 사교춤과 지리, 데생에도 능하고, 자수도 잘 놓으며 피아노도 칠 줄 안다는 사실을 알게 되었다. 오, 어쩌다 이런 일이!

그녀는 생각했다.

'그래, 다 그 여자 때문이야! 거기 갈 때마다 얼굴에 화색이

돌고, 비가 올 때도 빤히 버리게 될 줄 알면서도 새 조끼를 입고 간 게. 그래, 그 여자야! 바로 그 여자야!'

그녀는 본능적으로 엠마 양을 증오했다. 그녀는 처음에는 넌지시 그를 비웃다가, 기회 있을 때마다 꼬투리를 잡았고 마침내 아예 노골적으로 바가지를 퍼붓기 시작했다.

"대체 뭣 때문에 베르토에는 뻔질나게 드나드는 거야? 루오 씨도 다 나았고 게다가 아직 치료비도 내지 않았잖아! 그게 다 그 여자 때문이지! 아이고, 우리 서방님이 세련된 도회지 아가씨에게 반하셨구먼!"

그런 후에 그녀는 곧 다시 엠마를 비웃었다.

"도회 아가씨 좋아하네. 제 할아비가 천한 양치기인 주제에! 게다가 사촌 하나는 싸움질하다가 감옥에 갈 뻔했다고! 작년에 유채 농사가 잘 되지만 않았어도 그 영감쟁이는 이자도 제대로 못 내서 쩔쩔 맸을걸."

마누라 등쌀에 샤를은 베르토에 발을 끊었다. 아내 엘로이즈가 울고불고 난리를 치며 키스 세례를 퍼부은 다음 다시는 그곳에 가지 않겠다고 성경에 손을 올리고 맹세하라고 강요했기 때문이었다. 그는 순종했다. 하지만 그의 욕망은 자신의 비굴한 굴복에 반항했다. 그는 이리저리 계산한 끝에 그곳에 가지 못하게 됨으로써 오히려 엠마를 사랑할 권리를 획득했다고 생각했다.

그러던 어느 봄날이었다. 샤를의 아내의 재산을 관리하고 있던 공증인이, 위탁받은 돈을 모두 가지고 배를 타고 도망가 버렸다. 엘로이즈는 그 돈 외에도 6,000프랑에 달하는 선박 주식과 생 프랑수아 거리에 있는 집을 소유하고 있었다. 그런데 알아보니 집은 온통 저당 잡혀 있었기에 없는 것과 마찬가지였고, 선박 주식은 3,000프랑도 될까 말까였다. 공증인이 갖고 도망간 돈이 얼마인지는 하느님만 알 수 있었다.

샤를의 아버지 보바리 씨는 그 사실을 알고 의자를 돌바닥에 내동댕이치면서 길길이 날뛰었다.

"그러니까, 저년이 거짓말을 한 거라 이거지?"

그러고는 마구도 제대로 갖추지 않은 삐쩍 마른 말에다 아들을 묶어버리는 바람에 아들 신세를 망쳤다고 아내를 몰아댔다. 부부는 함께 토트로 쳐들어왔다. 말다툼 끝에 손가락질이 오갔고 급기야 싸움이 벌어졌다. 엘로이즈는 울면서 남편 품에 뛰어들며 자기를 변명해달라고 애원했다. 샤를이 아내 편을 들며 변명을 하자 부모는 화를 내며 가버렸다.

그러나 그들은 엘로이즈에게 타격을 입힌 게 분명했다. 일주일 후 마당에서 빨래를 널고 있던 엘로이즈가 피를 토했다. 그리고 이튿날 샤를이 창문 커튼을 치려고 몸을 돌린 순간 그녀는 "아이고!"라는 소리와 함께 한숨을 내쉬더니 기절해버렸다. 그렇게 죽어버리다니! 이 얼마나 기가 막힌 일인가!

묘지에서 모든 일이 끝난 후 샤를은 집으로 돌아왔다. 아래층에는 아무도 없었다. 그는 2층 아내의 침실로 올라갔다. 침대 발치에 아직 아내의 웃웃이 걸려 있었다. 그는 책상에 기댄 채 괴로운 몽상에 잠겨 해질녘까지 앉아 있었다. 어쨌든 그는 그녀를 사랑하고 있었던 것이다.

제3장

어느 날 아침 루오 노인이 다리 치료비로 75프랑과 칠면조 한 마리를 가지고 샤를을 방문했다. 그는 샤를이 겪은 불행한 소식을 이미 알고 있었다며 정성껏 샤를을 위로했다.

"내가 선생 처지를 잘 알지. 나도 똑같은 일을 겪었으니까. 거의 미칠 지경이어서 밥도 넘길 수 없었고 죽고 싶을 뿐이었다오. 그런데 세월이 지나 봄이 오고 또 여름이 가고 가을이 오면서 조금씩 풀어지대요. 아니, 가라앉았다고 하는 게 옳아요. 왜냐하면 가슴 한 구석에 늘 무언가 묵직하게 얹혀 있는 것 같았으니까. 하지만 그건 모든 인간이 겪어야 할 운명이니 자포자기하면 안 돼요. 보바리 선생, 자, 힘을 내요. 다 지나갈 거니까. 우리 집에 와요. 딸년이 가끔 당신 이야기를 하지요. 자기를 잊었을 거라고 하더군요. 이제 곧 봄이니 기분 전환이라도 할 겸, 토끼 사냥이라도 해봅시다."

샤를은 그의 권유대로 베르토에 갔다. 모든 것이 다섯 달 전과 다름이 없었다. 배꽃이 이미 피었고 다리가 다 나은 루오 영감은 여기저기 돌아다녔다. 농장에는 활기가 넘치고 있었고 루오 영감은 샤를을 정성껏 대접했다.

샤를은 홀아비 생활에 익숙해지면서 점점 아내 생각을 하지 않게 되었다. 혼자 지내는 게 고독했지만 나름 이점이 많았다. 자기 마음대로 식사 시간을 바꿀 수도 있었고 집을 들고 날 때마다 이런저런 이유를 댈 필요도 없었으며 피곤하면 팔다리를 쭉 뻗고 침대에 누울 수도 있었다. 게다가 젊은 나이에 상처(喪妻)한 그를 사람들은 동정했기에 그의 이름이 인근에 널리 퍼졌고 그 덕분에 환자의 수도 늘었다. 그리고 무엇보다 그는 자유롭게 베르토에 갈 수가 있었다. 그는 그곳에 가면서 뭔지 모를 희망을 품었고 막연한 행복을 꿈꾸었다. 그는 거울 앞에서 머리 손질을 하고 수염을 가다듬으면서 자기 얼굴이 환하게 밝아져 있는 걸 발견하곤 했다.

어느 날 오후 3시쯤 그는 베르토에 도착했다. 모두들 밭에 나가고 아무도 없었다. 그는 무심코 부엌으로 들어갔다. 그는 처음에는 아무도 없는 줄 알았다. 덧문이 닫혀 있어 어두웠기 때문이었다. 그런데 얼마 지나 어둠에 눈이 익숙해지니 엠마가 창문과 벽난로 사이에 앉아 바느질을 하고 있는 게 보였다.

시골 풍습대로 그녀는 그에게 마실 걸 권했다. 그는 사양했고 그녀가 다시 강하게 권했다. 그는 웃으면서 자기와 함께 리큐어를 한잔 들자고 말했다. 그녀는 찬장에서 리큐어 병과 작은 잔을 두 개 꺼냈다. 그녀는 그 중 한 잔에 리큐어를 가득 따르고 다른 한 잔에는 보일락 말락 따르는 시늉만 하더니 잔을 맞부딪쳤다. 그녀의 술잔은 거의 빈 잔이나 다름없었기에 그녀는 고개를 뒤로 젖힌 채 입술을 내밀었다. 하지만 술이 한 방울도 나오지 않자 웃으면서 하얀 이 사이로 혀를 내밀어 잔 바닥을 핥았다.

그녀는 다시 자리에 앉아 바느질감을 집어 들었다. 그녀는 하얀 면양말을 깁고 있는 중이었다. 그녀는 고개를 숙인 채 아무 말도 하지 않았다. 샤를도 잠자코 있었다. 그의 관자놀이에서 맥박이 뛰는 소리가 들렸다. 멀리 마당에서 알을 낳은 암탉이 꼬꼬댁거렸다. 엠마는 가끔 손바닥을 두 뺨에 갖다 대어 달아오른 뺨을 식혔고 이어서 장작 받침대 쇠고리를 두 손으로 잡고 손을 식혔다.

제1부

33

그녀가 봄이 되면서 자주 현기증이 난다며 해수욕을 하면 효과가 있겠느냐고 그에게 물었다. 이어서 그녀는 수녀원 시절 이야기를 했고 샤를은 중학교 시절 이야기를 했다. 이야기가 술술 풀렸다.

둘은 함께 그녀의 방으로 올라갔다. 그녀는 옛날에 쓰던 음악 공책, 상으로 받은 작은 책들을 그에게 보여주었다. 그리고 어머니와 어머니의 산소에 대해 이야기했다. 그녀는 정원에 있는 꽃밭을 가리키며 매달 첫 금요일에는 꽃을 꺾어 들고 어머니 산소에 찾아간다는 이야기도 했다. 그녀는 해가 긴 여름철의 시골 생활이 지루하다며 하다못해 겨울 동안만이라도 도시에서 살아보았으면 좋겠다고 말했다.

말을 하는 동안 그녀는 그 내용에 따라 목소리가 낭랑해지기도 했고 갑자기 우울해지기도 했으며 때로는 알아들을 수 없는 말을 혼자 중얼거리기도 했다. 또 순진한 눈을 크게 뜨고 즐거워하다가도 금세 눈을 반쯤 감고 시름에 잠긴 눈초리로 방황하는 마음을 보여주기도 했다.

저녁이 되어 집으로 돌아오면서 샤를은 그녀의 말 한 마디 한 마디를 곱씹으며 자기가 그녀를 만나기 이전의 그녀의 생활을 그려보려 했다. 하지만 그녀를 처음 만났을 때의 모습, 방금 헤어질 때의 그녀 모습 외에는 아무것도 떠오르지 않았다. 그러다가 문득 그녀의 앞날에 대해 생각이 미쳤다. '그녀가 결혼을 한다면? 누구랑 할 거지? 루오 영감은 큰 부자인데다, 그녀는, 그녀는…… 저렇듯 아름다우니!' 그렇지만 그녀의 모습은 그의 눈앞에서 여전히 어른거렸다. 그리고 똑같은 소리가 계속 귓전에서 윙윙거렸다.

'만일 그녀가 나와 결혼한다면! 그녀가 나와 결혼한다면!'

그는 밤에도 잠을 이루지 못했다. 목이 메었고 계속 갈증이 났다. 그는 침대에서 일어나 물을 마시고 창문을 열었다. 밤하늘에 별이 가득했고 훈풍이 불어왔으며 멀리서 개 짖는 소리가 들려왔다. 그는 베르토 쪽으로 고개를 돌렸다.

샤를은 밑져야 본전이라고 생각하고 기회를 봐서 청혼하기로 결심했다. 하지만 기회가 있을 때마다 적당한 말을 찾지 못하고 입을 다물고만 있었다.

루오 영감은 딸을 빼앗기는 것에 대해 조금도 마음 아프게 생각하지 않았다. 딸이 집안일에 조금도 도움이 되지 않았기 때문이었다. 하지만 그는 딸을 용서하고 있었다. 농사일을 하기에는 딸이 너무 똑똑했기 때문이었다. 그는 농사일을 저주하고 있었다. 사실 그는 상거래에는 뛰어났지만 농사일은 적성에 맞지 않았다. 그는 주머니에서 손을 빼는 걸 싫어했고 그저 잘 먹고 잘 자고 싶어 했다. 그래서 농사일로 돈을 벌기는커녕 손해만 보고 있었다.

영감은 샤를이 딸과 함께 있을 때 얼굴을 붉히는 것을 보고는 곧 청혼하리라고 생각했다. 샤를은 풍채도 시원찮은 게 확실히 그가 원하던 사윗감은 아니었다. 그러나 사람들 말로는 행실도 바르고 알뜰하다고 했다. 교육도 잘 받았으며 지참금 따위로 귀찮게 굴지 않으리라는 것도 알았다. 그는 미장이와 마구(馬具)상에게 갚아야 할 돈이 꽤 있었고, 압착기의 굴대를 교체하기 위해 자기 소유지 중에서 22에이커의 땅을 팔아야만 할 처지였다. 그는 혼자 생각했다.

'샤를이 내 딸을 원하기만 하면 받아들이겠어.'

성 미카엘 축일 무렵 샤를은 사흘간 베르토에 머물렀다. 그러나 우물쭈물 아무 말도 못하고 사흘이 지나갔다. 그를 배웅하러 나온 루오 영감과 작별 인사를 나누기 전 그가 우물쭈물하며 겨우 입을 열어 말했다.

"영감님, 꼭 드리고 싶은 말씀이 있습니다."

"어디, 염려 말고 말해봐요. 내가 모르는 줄 알고?"

샤를은 그저 "영감님, 영감님" 하면서 말을 더듬을 뿐이었다.

"나로서야 좋지. 딸아이 생각도 나와 같겠지만 그래도 의견은 물어봐야 하지 않겠소? 자, 이제 가보도록 해요. 내가 딸아이 생각을 물어볼 테니."

그러고 나서 영감은 집으로 돌아갔다.

이튿날 그는 아침 9시도 채 못 되었을 때 농장에 도착했다. 그가 들어서자 엠마는 애써 부끄러움을 감추며 낯을 붉힌 채 억지 미소를 지었다. 루오 영감은 사윗감을 껴안았다.

샤를이 아직 상중이었기에 결혼은 이듬해 봄에 할 수 있었다. 그들의 결혼식에는 마흔세 사람이 초대를 받았고 식사는 열여섯 시간 동안 계속되었다. 그리고 잔치는 그다음 날과 또 그다음 날에 이어서 며칠 동안 계속되었다.

제4장

결혼식 날 베르토로 초대받은 사람들은 포장마차, 이륜차, 낡은 무개 포장마차, 가죽 커튼이 달린 합승마차 등을 타고 속속 도착했다. 두 집안의 친척들이 모두 초대되었고 그동안 사이가 좋지 않았던 친지들과도 화해를 했으며 오랫동안 연락이 끊겼던 친지들에게도 초대장이 전달되었다.

모두들 평소에 여간해서는 옷장에서 꺼내지 않고 떠받들다시피 했던 옷들을 한껏 차려입고 나타났다. 하지만 샤를의 아버지 보바리 씨는 그런 사람들을 모두 비웃는 듯이 군복 티가나는 프록코트를 입은 수수한 차림으로 나타났다.

모두들 농장에서 5리 정도 떨어진 면사무소로 갔다가 성당에서 식을 치르고 돌아왔다. 잔칫상은 평상시에 달구지들을 두는 헛간에 차려졌다. 식탁 위에는 벌써 커다란 구운 쇠고기 네 덩어리, 여섯 개의 닭고기 스튜, 송아지 고기 스튜, 세 덩어리의 양 허벅다리 고기 들이 놓여 있었고 한가운데에 긴 순대 네 줄을 얹어 놓은 새끼 통돼지 구이가 놓여 있었다. 식탁 여기저기에 브랜디를 채운 술병이 있었고 달콤한 사과주 병마개에서는 벌써 거품이 일고 있었으며 식탁에 놓인 잔들에는 이미 포도주가 그득 부어져 있었다.

파이와 과자는 이브토 과자점에 특별 주문해서 가져왔고 주인은 이 지역에 문을 연 후 첫 손님이었기에 정성을 다했고 특별 선물로 직접 후식용 케이크를 가져왔다. 3단으로 된 멋진 케이크로서 맨 위를 푸른 초원, 잼으로 만든 호수, 멋진 바위와 배, 큐피드 상들이 마치 조각처럼 장식되어 있어 사람들의 탄성을 자아냈다.

날이 저물 때까지 사람들은 먹고 또 먹었다. 앉아 있기에 지치면 뜰을 한 바퀴 돌거나 헛간에서 병마개로 놀이를 하다가 다시 돌아와 식탁에 앉았다. 어떤 사람은 술이 거나해서 앉은 자리에서 졸기도 했다. 그러다 커피 타임이 되자 모두들 다시 정신을 차린 후 노래를 부르고 특기를 자랑하고 게임을 했으며 상스러운 농담을 하며 여자의 뺨에 키스를 하기도 했다. 늦은 시각이 되자 일부는 마차를 타고 돌아갔고 일부는 베르토에 남아 밤새도록 술을 마셨다.

천성이 익살과는 거리가 먼 샤를은 잔치가 벌어지는 동안에도 전혀 사람들 눈에 띄지 않았다. 결혼식 날 신랑에게 야유를 하는 게 관례였기에 수프가 나오자마자 사람들이 그에게 야유와 농담, 은근히 비꼬는 말, 음담패설을 퍼부었지만 그는 적당히 웃어넘길 뿐이었다.

그런데 이튿날이 되자 그는 전혀 딴 사람이 되었다. 마치 그가 어젯밤까지 처녀였다가 첫날밤을 지내고 난 것처럼 달라졌고 반면에 신부는 뭔가 낌새라도 눈치챌 만한 티를 전혀 내지 않았다.

하지만 샤를은 아무것도 숨기지 않았다. 그는 신부를 내 아내라고 부르며 예삿말을 했고 사람들에게 내 아내가 어디 갔냐고 스스럼없이 묻기도 했다. 심지어 그녀를 데리고 마당으로 나가서는 멀리 나무 사이에서 그녀의 허리에 팔을 두르고 그녀의 가슴에 머리를 묻은 채 걸어가는 모습을 보이기도 했다.

결혼식 이틀 후 부부는 베르토를 떠나 토트로 갔다. 환자들 때문에 샤를이 더 이상 자리를 비울 수 없었기 때문이었다. 루오 영감은 그들을 마차에 태워 보내며 멀리까지 배웅했다. 샤를 부부는 저녁 6시경에 토트에 도착했다. 의사 선생님의 새 아내 모습을 구경하려고 마을 사람들이 집 창가로 몰려들었다.

벽돌집 정면으로는 도로라기보다는 시골길에 가까운 길이 나 있었다. 현관을 들어서면 오른쪽으로 식당 겸 거실로 쓰는 커다란 방이 있었다. 벽지는 낡았고 도배를 잘못해서인지 여기저기 울어 있었다.

샤를의 진료실은 복도 맞은편에 있었다. 폭이 여섯 보쯤 되는 작은 방이었으며 탁자 하나와 의자 세 개, 사무용 안락의자가 한 개 놓여 있었다. 전나무로 만든 여섯 단짜리 책장은 『의학 사전』 한 질로 꽉 들어차 있었는데, 이리저리 팔려 다니느라 제본이 상해 있었지만 아직 책장을 절단하지 않은 것으로 보아 한 번도 읽어보지 않은 게 분명했다. 부엌에서 만드는 음식 냄새가 벽을 통해 진료실까지 스며들었고 반대로 환자들의 기침 소리와 샤를이 환자에게 해주는 소리가 부엌까지 들렸다.

이어서 마구간이 있는 뜰이 있었고 그 뜰과 이어진 헐어서 낡은 방이 하나 있었다. 창고로 쓰이는 그 방에는 장작과 포도주, 고철, 빈 술통, 못 쓰게 된 농기구들과 용도를 알 수 없는 온갖 잡동사니들이 먼지투성이인 채 가득 채워져 있었다.

엠마는 이층으로 올라갔다. 첫 번째 방은 비어 있었고 두 번째 방이 부부의 침실이었다. 침실에는 움푹 들어간 곳에 붉은 휘장이 드리워진 마호가니 침대가 놓여 있었고 옷장 위에 조개껍질로 만든 상자가 하나 있었다. 창가 쪽 책상 위 물병에는 흰 비단으로 묶은 오렌지 꽃다발이 꽂혀 있었다. 신부의 꽃다발! 그러나 그것은 전처의 꽃다발이었다. 그녀가 그 꽃다발을 바라보자 샤를은 눈치를 채고 그것을 광으로 가져갔다.

처음 며칠간 그녀는 집안 분위기를 바꿀 궁리를 하느라 바빴다. 그녀는 촛대에 씌운 유리 갓을 벗기고 도배를 새로 했다. 계단 칠도 새로 하게 했으며 정원에 있는 해시계 주변에 의자를 갖다 놓게도 했다. 그리고 어떻게 하면 분수가 설치된 연못을 만들 수 있을까 궁리하기도 했다. 그 연못에 물고기들을 넣어 기르면 근사할 것 같았다. 한편 샤를은 아내가 마차를 타고 산책하기를 즐긴다는 것을 알고는 작은 중고 이륜마차를 한 대 사왔다. 거기에 새 등불을 달고 가죽을 두 겹으로 누빈 흙받기를 달았더니 제법 그럴듯한 2인승 이륜마차가 되었다.

샤를은 더없이 행복했다. 이전에는 결코 자신에게 기쁨을 주리라고 생각하지 못했던 모든 것들이 그에게 행복으로 다가왔다. 아침이면 그는 침대에 누워 취침 모자에 반쯤 가려진 그녀의 뺨 위 솜털 사이로 아침 햇살이 어른거리는 것을 취해서 바라보았다. 가까이서 보니 그녀의 눈은 더 커보였다. 그늘에서는 까맣게 보이고 밝은 곳에서는 짙은 푸른색의 그녀의 눈동자는 마치 여러 층으로 나뉘어 있는 듯, 아래쪽은 색이 짙었고 위로 갈수록 옅어졌다.

그가 자리에서 일어났다. 엠마는 그가 집을 나서는 것을 보려고 창가로 갔다. 샤를이 말에 박차를 매는 동안 그녀는 잎사귀와 꽃을 입으로 불어 그에게 날렸다. 샤를은 말 위에 올라 그녀에게 손으로 키스를 보냈다. 그녀는 손짓으로 그에게 답한 다음 창문을 닫았고 그는 행복에 잠겨 길을 떠났다. 가슴속은 간밤의 즐거움으로 벅차올랐으며 마치 소가 되새김질하듯 자신의 행복을 끊임없이 반추했다.

지금까지 그의 삶에서 과연 행복이란 것이 있었던가? 자기보다 공부도 잘하고 부자인 친구들 사이에서 외톨이로 지내던 중학교 시절, 사투리를 쓴다고 자기를 비웃던 학우들의 어머니들은 맛있는 과자를 숨기고 면회를 왔건만 홀로 그 높은 벽에 갇혀 있다는 기분을 느꼈던 그 시절의 그는 행복했던가? 아니면 의학 공부하던 그 시절? 연애 중이던 예쁜 여직공과 주머니 사정 때문에 제대로 춤을 추러 가지도 못했던 그 시절이 행복했던가? 그 후 그는 잠자리에 들어서도 발이 얼음처럼 싸늘했던 여자와 14개월 동안 함께 살았다.

그런데 지금은? 이제 그는 사랑하는 이 예쁜 여자를 평생 소유할 수 있게 되었다. 이제 그에게 이 세상은 오로지 그녀의 치마폭 둘레 안에 있었다. 그러자 그에게는, 그녀에게 자신의 사랑을 충분히 보여주지 못했다는 생각이 들었다. 그는 문득 그녀가 다시 보고 싶어졌다. 그는 급히 집으로 돌아가 가슴을 두근거리며 계단을 올라갔다. 엠마는 침실에서 화장을 하고 있었다. 그가 살금살금 그녀에게 다가가 그녀의 등에 입을 맞추자 그녀는 화들짝 놀라 소리를 질렀다.

그는 끊임없이 그녀의 빗과 반지와 스카프를 만지지 못해 안달이었다. 때로는 입을 크게 벌리고 그녀의 양 볼에 쪽 소리가 나도록 키스를 했고 때로는 손끝에서 어깨까지 그녀의 드러난 팔에 가벼운 키스 세례를 퍼붓기도 했다. 그러면 그녀는 보채는 아이를 대하듯, 반쯤 웃으며 귀찮다는 듯 그를 밀어냈다.

결혼 전, 그녀는 자기가 사랑을 하고 있다고 믿었다. 그러나 그 사랑에 의당 뒤따라야 할 행복이 오지 않았다. 그녀에게는 자기가 잘못 생각한 게 틀림없다는 생각이 들었다. 엠마는 책을 읽을 때 그렇게 아름답게 보였던 기쁨이니 정열이니 황홀이니 하는 것들, 자기가 지금 맛보고 있지 못하는 그런 것들이 진정으로 무엇을 뜻하는지 알고 싶었다.

제5장

엠마의 세상은 책을 읽으면서 그려본 꿈속에 있었다. 그녀는 어렸을 때부터 소설 속에 나오는 주인공 소년과의 감미로운 우정을 꿈꾸곤 했다.

엠마는 열세 살 때 아버지 손에 이끌려 수녀원에 들어갔다. 처음 얼마 동안 그녀는 수녀원 생활이 싫증나기는커녕 마음에 들었다. 그녀는 교리문답도 열심이었고 수녀들 곁을 떠나지 않으면서 제단의 향냄새와 일렁거리는 커다란 촛불이 자아내는 신비스러운 황홀경에 빠져들었다.

그녀는 미사에 열심히 참석했지만 정작 그녀는 미사에 열중하지는 않았다. 대신 그녀는 성경책 속의 삽화에 마음을 빼앗겼다. 테두리가 하늘색인 그림들이 그녀를 매혹했고, 그림 속의 병든 어린 양, 화살에 찔린 심장, 십자가를 메고 쓰러진 예수 등을 사랑했다. 그녀는 고행하느라 종일 금식하기도 했고, 하느님께 서약할 것을 열심히 찾아보기도 했다. 또한 고해성사를 할 때면 고백실의 성스러운 분위기에 좀 더 잠겨 있기 위해 어둠 속에서 신부님의 목소리를 들으며 대수롭지 않은 가벼운 죄들을 꾸며내기도 했다. 예컨대 그녀는 아주 감상적이어서 조용한 명상보다는 가슴 뭉클하게 하는 감동을 더 좋아했고 그런 것을 원했다.

그녀는 수녀원에서 지내면서 소설책도 많이 읽었다. 매달 일주일씩 바느질을 하러 그곳에 오는 노처녀 덕분이었다. 그 노처녀는 비록 침모 생활을 하고 있었지만 대혁명 때 몰락한 귀족 가문 출신이었다. 그녀는 바느질을 하면서 기숙생들에게 연가를 흥얼거리며 재미있는 이야기를 해주었고 무엇보다 치마 호주머니에 소설책들을 감추고 와서 기숙생들에게 몰래 빌려주곤 했다.

그것들은 모두 사랑, 사랑하는 남녀, 쓸쓸한 외딴 정자에서 박해 끝에 죽어가는 귀부인, 역참에서 벌어진 살인 사건, 질주 끝에 쓰러져 죽어가는 말들, 음산한 숲, 마음속 번뇌, 맹세, 흐느낌, 눈물과 키스, 달빛을 받으며 떠 있는 조각배, 한밤중에 숲에서 들리는 꾀꼬리 소리, 사자처럼 용맹하고 양처럼 온순하며 어느 누구에게도 없을 덕을 지닌, 그러면서도 철철 눈물을 흘릴 줄 아는 신사들에 관한 이야기들이었다. 그렇게 열다섯 살 엠마의 손은 6개월 동안 도서 대여점의 헌책 먼지에 더럽혀졌다. 얼마 후 그녀는 월터 스콧의 소설들을 읽으면서 옛날 중세의 역사에 흠뻑 빠져 낡은 궤짝과 편력 음유시인 기사를 꿈꾸었다. 그녀는 허리까지 내려오는 긴 옷을 입은 공주님이 되고 싶었다. 그녀는 성의 돌난간에 팔꿈치를 기대고 턱을 괸 채, 저 멀리 들판에서 흰 깃털 장식을 휘날리며 검은 말을 타고 달려오는 기사를 기다리고 싶었다.

결국 수녀원에 있으면서 그녀가 사랑한 것은 교회가 아니었다. 그녀는 교회를 장식한 꽃을 사랑한 것이었다. 그것은 그녀가 사랑을 이야기하는 가사 때문에 음악을 사랑한 것과 마찬가지였다. 그녀는 경건함과는 거리가 멀었다. 그러기에는 충동적이었고 열정적이었다. 종교적 계율은 그녀의 기질에 맞지 않았고 그녀는 당연히 반항했다. 한때 그녀가 종교적 소명을 굳게 지닌 것으로 알았던 수녀들은 어느 날 그녀가 종교의 길을 딱 멈춰버리자 놀랐다. 그녀는 마치 고삐에서 풀린 말처럼 되었다. 그래서 그녀의 아버지가 그녀를 수녀원 기숙사로부터 데리고 나갈 때 아무도 섭섭하게 생각하지 않았다. 심지어 수녀원장은 요즘 들어 그녀가 수녀원 전체에 대해 조금도 경건한 모습을 보이지 않았다고까지 말했다.

집으로 돌아온 엠마는 처음에는 집안 살림살이를 지휘하는 일에 재미를 붙였다. 하지만 곧 싫증을 느끼고 수녀원을 떠나온 것을 후회하게 되었다. 샤를이 베르토를 방문했을 때는 그녀가 이미 모든 것에 흥미를 잃고 있었고, 인생에는 더 이상 배우거나 느낄 것이 없다고 생각하고 있었을 때였다.

그런데 그 사나이가 나타난 것이다. 한 사나이의 출현으로 인해 생긴 새로운 상황, 그 상황이 가져다준 마음속 흥분으로 인해 그녀는 마침내 자신이 저 시(詩)의 하늘에서 분홍빛 날개를 펼치는 커다란 새와 같은 멋진 정념을 갖게 되었다고 믿었다. 그런데 결혼이란 게 이렇게 평온할 수 있다니! 이런 것이 그녀가 그토록 꿈꾸어 왔던 행복이라고 그녀는 도저히 생각할 수 없었다.

그녀는 지금이야말로 자기 인생에서 가장 달콤해야만 하는 밀월 기간이라고 생각했다. 그 달콤함을 제대로 맛보려면 이름도 멋진 머나먼 곳으로 여행을 해야 했다. 그리고 그곳에서 한껏 게으름을 피우며 얼마간 지내야 했다.

그런데 이게 뭐란 말인가? 어째서 나는 스위스 산장 발코니에 팔꿈치를 괴고 있지 못한 걸까? 어째서 나는 애수에 잠긴 채 스코틀랜드의 별장에서 지내지 못하고 있는 걸까? 왜 그곳에서 까만 벨벳 재킷을 입고 부드러운 가죽 장화를 신은 멋진 남편과 지낼 수 없단 말인가?

하지만 그녀는 자신의 속마음을 결코 아무에게도 털어놓지 않았다. 만일 샤를이 자신의 속마음을 조금이라도 눈치챘다면, 그래서 눈길로나마 자신의 생각을 헤아려주었다면, 마치 손으로 툭 건드리기만 해도 우수수 떨어지는 농익은 과일처럼 자신의 가슴속에 뭉쳐 있는 것들이 밖으로 쏟아져 나왔으리라고 그녀는 생각했다. 그러나 그들의 실제 생활이 더 가까워지면 가까워질수록 둘 사이 마음의 거리는 점점 더 벌어졌다.

샤를이 하는 말들은 마치 길거리 보도처럼 평범하고 진부했다. 그건 마치 보통 사람들이 평상시 옷을 입고 그냥 지나가는 것과 같아서 아무런 감동이나 웃음도, 혹은 몽상도 불러일으키지 않았다. 샤를은 자신이 루앙에 있는 동안 단 한 번도 극장에 가고 싶은 생각이 들지 않았다고 말했다. 수영도 못 하고 검술의 검자도 몰랐으며 총도 쏠 줄 몰랐고, 어느 날 그녀가 소설을 읽다가 뜻을 몰라서 물어본 승마 용어에 대해서는 눈만 껌뻑거리릴 뿐이었다.

남자란 모름지기 모든 것을 알고 모든 것에 능하며 정열적 힘과 세련된 생활로, 또한 온갖 신비로움으로 여자를 이끌어야 하는 것 아닌가? 그런데 이 사내는 하나도 가르쳐주는 게 없고 아는 게 하나도 없으며 아무것도 원하는 것이 없다!

샤를에게 엠마는 나무랄 데 없는 아내, 더 정확히 말하자면 과분한 아내였다. 그녀가 가끔 그림을 그릴 때면 샤를은 옆에 서서 그림을 더 잘 보려고 가늘게 눈을 떴고, 그녀가 피아노를 칠 때면, 어쩌면 손가락이 저렇게 빨리 움직일 수 있을까, 감탄했다. 게다가 그녀는 살림도 잘했다. 그녀는 청구서 냄새가 전혀 나지 않는 부드러운 표현으로 환자에게 치료비 청구 편지를 보낼 줄 알았으며 일요일 저녁 식사에 이웃을 초대할 일이 있으면 멋진 요리를 내놓을 줄도 알았다. 그 때문에 샤를은 많은 사람들에게 존경을 받게 되었다. 샤를은 그런 아내를 데리고 산다는 게 자랑스러웠다.

샤를의 어머니는 집에서 남편과 싸움이라도 하게 되면 아들 집으로 왔다. 그녀는 며느리에게 분에 넘친 생활을 한다며 시시콜콜 잔소리를 했고 며느리는 겉으로는 묵묵히 받아들였다.

하지만 "예, 어머님"이라고 대답하는 그녀의 입술은 보일락 말락 떨리고 있었다. 오가는 말은 부드럽고 상냥했지만 그 속에는 분노가 감추어져 있었던 것이다.

샤를의 어머니가 며느리를 못마땅해 하는 데는 이유가 있었다. 샤를의 전처 뒤비크 부인이 살아 있을 때, 샤를의 모친은 아들이 아내보다 자기를 더 사랑한다고 느끼고 있었다. 그래서 엠마를 향한 샤를의 사랑은 그녀에 대한 사랑의 배신이며 자신의 소유물을 빼앗아간 것처럼 여겨졌다. 그녀는 아들의 행복을 지켜보며 아들에게 자기가 얼마나 고생했고 희생했는지 옛이야기를 해주었다. 그녀는 아들에게 지금의 엠마가 자신에 비해 얼마나 편하고 게으르게 살고 있는지 비교해주면서 아내만을 그렇게 위하는 것은 옳지 않다고 잘라 말했다.

샤를은 대답할 바를 몰랐다. 그는 어머니를 존경하고 있었으며 아내를 한없이 사랑하고 있었다. 샤를은 모친이 돌아가고 나면 어머니가 지적한 것들 중에 아내가 고칠 수 있다고 생각한 사소한 것 한두 가지를 조심스럽게 이야기했다. 하지만 그녀는 단 한마디로 그가 잘못 생각하고 있다는 것을 입증해 보인 다음 그를 환자에게로 내쫓아버렸다.

그녀는 날이 갈수록 샤를이 자신에게 보이는 애정이 하나도 특별할 것이 없다고 생각했다. 그의 사랑 표현은 매일 천편일률적이었고 키스도 시간을 정해놓고 했다. 그것은 특별한 애정 표현이 아니라 그냥 일상적인 습관에 불과했다. 마치 맛없는 식사 후에 나오는 디저트 같았다.

결국 그녀는 "아아, 내가 왜 결혼을 했던가!"라고 한탄하기 시작했다. 그리고 다른 남자를 만났을 수도 있지 않았을까, 상상하기 시작했다. 그리고 상상 속의 남자와 만나 누렸을 지금과 다른 생활을 머릿속으로 그려보았다. 그 상상 속에서 미지의 남자는 언제나 미남이었고 재치가 있었으며 매력적이었고 남들보다 뛰어난 품격을 지니고 있었다.

'아아, 수녀원 친구들은 모두 그런 남자와 결혼을 했을 거야'라는 생각이 들면 그녀에게는 또다시 더없이 아름다웠던 수녀원 시절이 뭉게구름처럼 피어올랐고, 이제는 결코 다시 돌아오지 않을 그 시절을 그리워했다.

그런 그녀에게 하나의 특별한 사건이 발생했다. 9월 말 경이었다. 보비에사르에 사는 당데르빌리에 후작 저택에 샤를 부부가 초대를 받게 된 것이다. 왕정복고 시절에 국무장관을 지낸 바 있는 후작이 입 안에 염증이 생겼을 때 샤를이 감쪽같이 치료를 해준 일이 있었다. 수술비를 지불하려고 토트에 왔던 집

사는 샤를의 집에 아주 멋진 벚나무가 있더라고 후작에게 보고했고 후작은 샤를에게 꺾꽂이용 나뭇가지 몇 개를 부탁했다. 나중에 몸소 답례를 하러 샤를의 집을 찾은 후작은 엠마를 보고 얼굴과 몸매가 아름답고 예의범절이 여느 시골 아낙과 다르다고 생각했다. 후작은 이 젊은 부부를 저택에 초대하더라도 지나친 호의를 베푼 것이라거나 실수를 저지른 게 아니리라고 생각했다.

어느 수요일 3시에 보바리 부부는 이륜마차에 몸을 싣고 보비에사르를 향해 출발했다. 해질녘에 그들이 그곳에 도착했을 때는 길을 밝히기 위해 일꾼들이 이미 정원에 불을 밝히고 있었다.

제6장

저택은 이탈리아풍 현대 건물로서 양쪽 날개가 앞으로 돌출해 있었으며 세 개의 돌층계가 있었다. 건물 뒤편 잔디밭에는 적당한 간격으로 큰 나무들이 있었고 그 사이로 암소들이 풀을 뜯고 있었다. 다리 밑으로는 냇물이 흐르고 있었고 초원 여기저기 초가집들이 흩어져 있었으며 그 너머 숲이 우거진 언덕 뒤로는 허물어진 옛 저택에 딸려 있던 창고와 마구간이 보였다.

샤를의 마차가 중앙 돌계단 앞에 멈춰 서자 하인들이 나타났다. 이윽고 후작이 다가와 의사 부인에게 팔을 내밀며 그들을 현관으로 안내했다.

대리석이 깔린 현관은 천장이 엄청나게 높아 마치 성당에 들어선 것처럼 발자국 소리와 말소리가 크게 울렸다. 정면에는 직선형 계단이 있었고 왼쪽으로는 정원과 맞닿은 회랑이 있었으며 그 끝에 있는 당구장에서는 당구공 부딪치는 소리가 현관까지 들려왔다.

보바리 부부는 후작의 안내로 응접실로 들어갔다. 후작 부인이 일어나 엠마를 맞이하더니 자기 옆 2인용 소파에 앉히고는 오래전부터 알던 사이인 양 다정스레 말을 붙였다. 부인은 40대 여성으로서 선이 멋진 어깨와 매부리코를 하고 있었으며 말투가 느릿느릿했다. 벽난로 주위에서 신사들이 귀부인들과 담소를 나누고 있었다.

7시경에 만찬이 준비되었다. 남자들은 현관에 마련된 큰 식탁에 앉았고 여자들은 후작 부부와 함께 식당에 마련된 다른 식탁으로 갔다. 엠마의 눈이 휘둥그레질 정도로 풍성한 식탁이었다. 식사가 끝나자 부인들은 무도회 준비를 위해 제각기 방으로 흩어졌다. 보바리 부인은 그들 부부에게 할당된 방에서 정성스럽게 화장을 했다.

그녀가 화장을 끝냈을 때 아래층 홀에서 바이올린 전주와 호른 소리가 들렸다. 그녀는 뛰어가고 싶은 충동을 억지로 누르고 천천히 계단을 내려갔다. 그녀가 계단을 내려갔을 때 카드릴 춤이 시작되고 있었다. 그녀는 홀 입구 가까운 의자에 앉았다.

콩코르당스 춤이 끝나자 가운데가 텅 빈 홀 여기저기에서 신사들이 끼리끼리 담소를 나누었고 제복을 입은 하인들이 큰 쟁반을 든 채 이리저리 오갔다.

그날 보바리 부인은 야식을 먹었고, 어떤 자작의 파트너가 되어 출 줄 모르는 왈츠를 추었으며 쓰러질 듯 숨이 차서 그의 가슴에 머리를 기댔다. 그녀가 제자리로 돌아왔을 때 그녀는 쓰러질 듯 벽에 몸을 기대며 손으로 두 눈을 가렸다. 그녀가 눈을 떴을 때 정원 저편으로 창문 쪽에 몸을 바짝 붙이고 서 있는 농부들의 모습이 보였다. 그러자 베르토에서의 기억이 되살아났다. 농장과 질펀한 늪, 작업복을 입은 채 사과나무 아래 서 있는 아버지 모습이 보이는 것 같았다. 또한 낙농실 단지 속에서 손가락으로 크림을 떠내고 있는 옛날 자신의 모습도 또렷이 보이는 것 같았다.

그러나 지금 그녀 눈앞의 화려함 속에서 그처럼 선명했던 그녀의 과거는 금세 말짱히 사라지고 말았다. 이제는 자기가 그런 생활을 한 적이 있었는지 의심이 될 정도였다. 그녀는 바로 여기 있다. 이 무도회장 이외에는 온통 짙은 어둠에 묻혀 있을 뿐이다.

춤들을 실컷 추고 나자 사람들은 조금 더 담소를 나누다가 아침 인사 겸 취침 인사를 나누고 각자의 침실로 물러갔다.

샤를은 마치 무릎이 뱃속으로 끼어들 것처럼 허리를 잔뜩 구부린 채, 계단 난간에 의지해 몸을 거의 끌다시피 하며 계단을 올라갔다. 무려 다섯 시간 동안이나 카드놀이 탁자 앞에 서서 자기가 할 줄도 모르는 휘스트 게임을 구경하고 있었던 것이다. 장화를 벗으면서 그는 휴! 하고 안도의 한숨을 내쉬었다.

엠마는 어깨에 숄을 두른 채 창문을 열고 창턱에 팔을 괴었다. 밖은 어두웠으며 빗방울이 떨어지고 있었다. 그녀는 눈꺼풀에 와 닿는 시원한 공기를 들이마셨다. 무도장의 춤곡이 아직 귀에 쟁쟁하게 울리고 있었고 자신은 자작의 리드로 왈츠를 추고 있었다. 그녀는 잠들고 싶지 않았다. 얼마 후면 포기해버릴 수밖에 없는 이 사치스러운 삶의 환영을 조금이라도 오래 간직하고 싶어서였다.

보바리 부부는 다음 날 점심 식사 때까지 그곳에 머문 후 토트로 돌아왔다. 그들이 집에 도착했을 때는 아직 저녁 식사 준비가 되어 있지 않았다. 엠마는 하녀 나스타지에게 불같이 화를 냈다. 그런데 나스타지가 멋모르고 말대꾸를 하자 엠마가 말했다.

“꺼져버려! 나를 뭐로 알고 이러는 거야! 당장 해고야!”

저녁 식사로 양파수프와 송아지 요리가 나왔다. 샤를은 엠마와 마주보고 앉아서 두 손을 비비며 행복한 표정으로 말했다.

“역시 집이 최고야.”

나스타지의 흐느낌 소리가 들려왔다. 샤를은 이 가엾은 계집아이를 꽤 좋아하고 있었다. 그의 홀아비 시절, 그가 저녁 무렵 무료할 때면 그녀는 말동무가 되곤 했다. 그 여자야말로 그의 최초의 환자였으며 이곳에서 가장 오래된 친구이기도 했다.

“당신 정말로 저 아이를 내쫓을 작정이오?”

“그래요, 그 정도는 내 맘대로 할 수 있잖아요.”

이튿날은 하루가 너무 길었다. 그녀는 좁은 뜰 안을 거닐면서 같은 길을 몇 번이고 왔다 갔다 했다. 그러다 이따금 화단앞에 우뚝 서서 자기가 너무 잘 알고 있는 이 건물들을 깜짝 놀란 표정으로 바라보곤 했다. 그 무도회는 이미 아득한 옛일이 되어버렸다. 대체 그 무엇이 그저께 아침과 오늘 저녁을 이토록 멀리 갈라놓았단 말인가! 폭풍우가 하룻밤 사이에 산속에 커다란 균열을 만들어 놓듯이, 보비에사르에 갔던 일이 그녀의 삶에 커다란 구멍을 내놓았다.

이제 무도회를 회상하는 게 엠마의 일과 중의 하나가 되었다. 수요일이 될 때마다 그녀는 생각했다.

'아, 벌써 일주일이나 지났어.'

'어머, 삼주일 전에는 내가 거기 있었는데!'

그러나 시간이 흐름에 따라 그곳에서 만난 사람들의 얼굴이 그녀의 기억 속에서 뒤섞였고 그때 연주되었던 춤곡들도 가물가물해졌다. 하인들의 모습이나 방들도 전처럼 선명하게 떠오르지 않았고 사소한 일들은 모두 기억에서 사라졌다. 그러나 마음속 아쉬움은 여전히 남아 있었다.

그곳의 구체적 기억이 사라지자 이제 엠마의 상상이 시작되었다. 밤에 짐마차를 탄 생선 장수들이 노래를 흥얼거리며 그곳을 지나갈 때면 그녀는 눈을 뜨고 생각하기도 했다.

'저 사람들은 내일이면 그곳에 도착하겠지.'

그러면서 그녀는 마차 바퀴 소리가 동구 밖으로 멀어질 때까지 귀를 기울였다. 그녀의 상상 속에서 마차는 이미 파리까지가 있었다.

그녀는 파리 지도를 한 장 샀다. 그리고 그 지도 위를 손가락으로 짚어가며 그곳 거리들을 돌아다녔다. 나중에 눈이 피로해지면 그녀는 지그시 눈을 감았다. 그러면 어둠 속에서 가로등이 흔들거렸고 극장 앞에 늘어서 있는 사륜마차들의 발판이 내려지는 것이 보였다.

그녀는 여성잡지들도 구독했다. 그 잡지들에서 연극 초연 기사, 경마 기사, 파티 기사들을 빼놓지 않고 보았으며, 곧이어 그녀는 파리의 최신 패션과 일류 양장점 주소, 불로뉴 숲의 축제와 오페라 공연 날짜를 줄줄이 꿰차게 되었다. 그녀는 소설을 읽으며 건물 실내 장식을 연구했고, 발자크와 조르주 상드의 소설을 읽으면서 자신의 욕망을 상상 속에서 채웠다. 책을 읽을 때면 그녀에게는 언제나 당데르빌리에 후작의 저택에서 함께 왈츠를 추었던 자작 생각이 났으며 그는 소설 속 다른 인물들과 겹쳐졌다. 그리고 그 자작을 중심으로 펼쳐졌던 세계는 점차 주변으로 넓게 퍼져나가서 그녀를 다른 꿈에 잠기게 했다.

엠마에게 파리는 대양보다 더 드넓은 곳이었으며 황금빛으로 빛나는 곳이었다. 그녀는 자신의 상상 속에서 그곳에 사는 사람들, 그들의 생활을 마음대로 채색했다. 그리고 그 상상 속에서 그녀 주변에서 가까이 보이는 익숙한 모든 것들로부터 가능한 한 멀리 달아났다. 권태롭기만 한 시골, 어리석은 소시민들, 그들의 평범한 생활 등, 그녀를 둘러싸고 있는 모든 것들은 모두 이 세상 밖의 예외적인 것들로 여겨졌으며 자신은 어쩌다 그 덫에 잘못 걸려든 것처럼 생각되었다.

엠마는 나스타지 후임으로(그녀는 결국 폭포수처럼 눈물을 흘리며 토트를 떠났다) 참한 얼굴의 열네 살짜리 고아 소녀를 고용했다. 그 소녀 이름은 펠리시테였다. 엠마는 그녀를 자신의 몸종으로 만들고 싶었다. 엠마는 그녀에게 차양 없는 모자를 쓰지 말 것, 주인에게 최대한 경어를 쓸 것, 물컵은 반드시 쟁반에 받쳐서 가져올 것, 방에 들어오기 전에 반드시 노크할 것들을 지시했고 새로 온 하녀는 쫓겨나지 않으려고 군말 없이 복종했다.

샤를은 눈이 오나 비가 오나 마차로 시골길을 달렸다. 하루종일 아무리 힘든 일에 시달려도 밤이면 활활 불이 타오르는 난로, 잘 차려진 식탁, 산뜻한 가구들이 그를 맞았고, 무엇보다 세련된 옷차림을 한 아내가 그를 기다리고 있었다. 매력적인 그녀에게서는 향기가 났지만 그는 도무지 그 향기가 어디서 오는 것인지 알 수 없었다. 어쩌면 그녀의 부드러운 살결에서 발산된 향기가 그녀의 속옷을 향긋하게 물들이고 있는 것인지도 몰랐다.

샤를은 성실했고 열심이었으며, 올곧은 심성과 품행 덕분에 사람들의 신임을 얻었다. 그러나 엠마가 보기에 그는 야심이 없는 사람이었다. 샤를은 시대에 뒤떨어지지 않으려고 「의학

계」라는 신간 잡지를 구독하기 시작했다. 저녁 식사 후 그는 그 잡지를 펼쳐 들었다. 하지만 식곤증에 그는 5분도 채 되지 않아 졸기 시작했고 금방 코를 골았다.

엠마는 그 모습을 보고 어깨를 으쓱하며 생각했다.

'차라리 밤낮으로 책에 묻혀 사는 사람을 남편으로 삼을걸. 류머티즘에 걸릴 예순 정도의 나이에 허름한 양복에 훈장을 달고 다니는 그런 남자 말이야. 보바리라는 이름이 유명해져서 책방마다 찾을 수 있고 신문에서도 떠들고 전국에 널리 알려지면 얼마나 좋을까?'

그녀는 날이 갈수록 남편이 짜증스러웠다. 나이를 먹을수록 남편의 몸가짐이 둔해지면서 짜증은 더해졌다. 남편은 식사 후 디저트를 먹을 때면 코르크 병마개를 칼로 자르고나 있고, 음식을 먹고 나서는 혓바닥으로 잇새를 후비기도 했다. 수프를 한 모금 넘길 때마다 꿀꺽꿀꺽 소리를 냈으며 살이 찌면서 가뜩이나 작은 눈은 광대뼈 살에 밀려 관자놀이 쪽으로 가 붙은 것 같았다.

그녀는 자주, 밖으로 삐져나온 그의 내복 자락을 조끼 안으로 집어넣어 주기도 했고 비뚤어진 넥타이를 바로 매주고, 그가 손에 끼려던 낡은 장갑을 던져버리기도 했다. 샤를은 아내의 그 모든 행동이 자기를 위한 것이라고 생각하고 고마워했다. 하지만 그 행동들은 그를 위한 것이 아니라 순전히 그녀 자신을 위한 행동이었으며 이기심과 짜증의 발로였다.

또한 그녀는 자신이 책이나 잡지에서 읽은 내용들, 예컨대 소설이나 희곡의 한 구절, 상류사회에서 벌어진 일들을 그에게 가끔 들려주곤 했다. 그는 그럴 때마다 열심히 들으며 맞장구를 쳐주었다. 하지만 애완용 강아지에게도 늘 해주던 이야기를 그에게 해주는 것일 뿐이었다. 하물며 난로 속 장작에게도, 시계추에게도 해주던 이야기이니 그에게 못 해줄 게 뭐가 있단 말인가!

그녀는 마음속으로 뭔가 돌발 사건이 일어나기를 기다리고 있었다. 마치 난파선의 선원들처럼 그녀는 절망적인 눈초리로 저 멀리 수평선에 흰 돛이 나타나기를, 고독 속에 방황하며 기다리고 있었다. 그 돌발 사건이 어떤 것일지 그녀는 알 수 없었다. 바람에 실려 어디로 가게 될 것인지, 그 배가 보트일지, 갑판이 있는 커다란 배일지, 그 배에 고통만 가득 실려 있을지 아니면 행복이 그득해 있을지 그녀는 알 수 없었다. 그러나 그녀는 매일 아침 눈을 뜰 때마다 그 일이 바로 오늘 벌어지기를 바랐다. 그녀는 온갖 소리에 귀를 기울였고, 벌떡 일어나기도 했다. 그러고는 아무 일도 없이 또 하루가 지나가는 것에 대해 의아하게 생각했고 석양이 질 무렵이 되면 한층 더 서글픈 마음이 되어 어서 내일이 오기를 기다렸다.

다시 봄이 왔다. 배꽃이 피고 더위가 느껴지자 그녀는 숨이 막혀 왔다. 7월이 되자 그녀는 10월이 되기를 손꼽아 기다렸다. 당베르빌리에 후작이 또 무도회를 열고 자신을 초대해줄지도 모른다는 기대에서였다. 그러나 9월이 다 가도록 아무 편지도 없었고 찾아오는 사람도 없었다.

실망에 이어 공허만이 남았다. 그리고 언제나 변함없이 똑같은 나날들이 줄지어 지나가고 있었다. 어떻게 이럴 수 있단 말인가! 제 아무리 평범한 사람이라 할지라도 적어도 한 가지 사건들이 일어날 기회는 있는 법이다. 그런 우연한 일로 인해 무한한 변화가 올 수도 있다. 그러나 그녀에게는 아무 일도 일어나지 않았다. 오오, 진정 하느님의 섭리인가! 미래는 깜깜한 복도일 뿐이었고 그 끝에 있는 문은 잠겨 있었다.

그녀는 연주도 그만두었고 그림도 그리지 않았으며 자수감은 장롱 속에 처박아버렸다. 그런들 도대체 어디에 쓴단 말인가! 그녀는 '이제 책도 충분히 읽었어'라고 생각하며 책도 읽지 않았다. 그녀가 특히 견딜 수 없을 때는 식사 시간이었다. 연기가 피어오르는 난로, 삐걱거리는 문짝, 축축하게 습기가 배어 있는 벽, 거기에 차려진 음식들. 그런 우중충한 곳에서 식사를 하다보면 삶의 온갖 쓴 맛이 식탁 위 접시에 담겨 있는 것 같았다. 그리고 삶은 고기에서 나는 김 냄새를 맡으면 구역질이 나서 견딜 수가 없었다. 샤를은 열심히 오랫동안 식사를 했고 그녀는 그동안 칼로 개암을 자르거나 식탁에 팔꿈치를 괴고 밀랍을 먹인 식탁보에 칼끝으로 줄을 긋곤 했다.

그녀는 이제 살림살이를 되는 대로 내버려두었다. 사순절 때 시어머니가 와서 너무 변한 집 안 모습을 보고 깜짝 놀라자 엠마는 자신들이 부자가 아니라서 검소하게 지내야 한다고 거듭 말했다. 그리고 토트가 너무 마음에 든다는 둥, 행복하다는 둥, 전에는 하지 않던 이야기를 엠마가 해대는 통에 시어머니는 그만 입을 다물고 말았다. 게다가 엠마는 시어머니의 말 따위는 안중에도 없는 것 같았다. 어쩌다 하인들을 좀 잘 감독하라고 잔소리를 한마디 했다가 엠마가 얼마나 사나운 눈초리와 차가운 미소로 응대를 했던지, 시어머니는 더 이상 아무 말도 할 수 없었다.

엠마는 까다로워졌고 변덕이 늘었다. 요리를 몇 개 만들어달라고 해놓고는 입에 대지도 않았고, 어떤 날은 종일 우유만 마셨고 또 어떤 날은 죽어라고 차만 마셨다. 외출할 일이 생기면 절대로 밖으로 나가지 않겠다고 고집을 부렸고, 그런 다음 곧바로 답답해 죽겠다며 창문을 활짝 열어젖히기도 했다. 하녀를 쓸 데 없이 심하게 야단친 후에는 선물을 주기도 했으며 지갑 속 은화를 탁탁 털어 가난한 사람에게 주기도 했다.

이런 비참한 생활이 도대체 언제까지 계속될 것인가? 여기서 영영 벗어날 수 없단 말인가? 내가 뭐가 어때서? 보비에사르에서 본 여자들보다 내가 어디가 못해서? 거기서 본 귀부인들은 나보다 허리도 뚱뚱하고 행동도 세련되지 못했는데. 그녀는 벽에 머리를 기대고 울었다. 그녀는 법석거리는 삶, 가면무도회, 뭔지 모를 열광에 자신을 빠지게 할 쾌락을 원하고 있었다.

그녀는 얼굴이 해쓱해졌고 심장에도 이상이 생겼다. 샤를은 그녀에게 진정제를 먹이고 장뇌 목욕을 하게 했다. 하지만 샤를의 처방은 그녀를 더욱 짜증나게만 만들 뿐이었다. 그녀는, 어떤 날은 열에 들뜬 듯 수다스럽게 떠들어대다가도, 또 어떤 날은 무기력 상태에 빠져 꼼짝도 못 한 채 한 마디 말도 하지 않았다.

그런 가운데도 엠마는 늘 토트에 대한 불평불만을 늘어놓았다. 샤를은 그녀가 병에 걸린 것이 틀림없이 풍토 때문이라고 생각하기에 이르렀다. 한 번 그런 생각이 들자 그는 다른 곳으로 옮겨 개업하면 어떨까, 진지하게 고민하기 시작했다.

그것을 안 엠마는 더 야윈 몸을 만들기 위해 식초를 마셨고, 자주 마른기침을 해댔으며, 급기야는 식욕을 완전히 잃고 말았다.

샤를로서는 4년에 걸쳐 살면서 이제 겨우 토대를 잡고 뿌리를 내리기 시작한 토트를 떠난다는 것은 너무나 아쉬운 일이었다.

'하지만 어쩔 수 없지.'

샤를은 아내를 루앙으로 데려가 자신의 옛 스승에게 진찰을 받게 했다. 스승은 엠마를 진찰한 뒤 신경성 질환이므로 환경을 바꾸라는 처방을 내려주었다.

샤를은 적당한 곳을 수소문하기 시작했다. 그러다 마침 뇌샤텔 지역의 용빌 라베이라는 마을에서 개업하고 있던 폴란드 출신 의사가 지난 주 다른 곳으로 자리를 옮겼다는 소식을 듣게 되었다. 그는 그 지역 약제사에게 그곳의 인구, 가장 가까운 곳에 있는 병원, 그 전 의사의 연 수입 등에 대해 물어본 뒤, 만족스러운 답을 받고 봄쯤에 이사하기로 결정했다.

어느 날 이사 준비로 서랍을 정리하던 중 엠마는 무엇엔가 손가락을 찔렸다. 결혼식 부케를 묶은 철사였다. 오렌지 꽃봉

오리에는 누렇게 먼지가 덮여 있었고 은빛 테두리를 두른 비단 리본은 가장자리가 풀려 있었다. 그녀는 그것을 불에 던져버렸다. 부케는 메마른 짚보다 더 빨리 타버리더니 천천히 오그라들면서 서서히 무너져 내렸다. 오그라든 종이 꽃잎은 벽난로 뒤판을 따라 검은 나비처럼 흔들리며 날아다니더니 마침내 굴뚝 속으로 사라져버렸다.

3월에 그들이 토트를 떠났을 때 보바리 부인은 임신 중이었다.

제
2
부

제1장

용빌 라베이는 루앙에서 80리 정도 떨어진 곳에 있는 마을이었다. 노르망디와 피카르디와 일 드 프랑스 세 지방의 경계에 있는 마을로서 풍경이나 언어에 특징이 없는 잡종 지역이었다.

마을로 들어서면 대장간에 이어 목공소가 나왔고 둥그런 잔디 밭 너머로 하얀 집 한 채가 보였다. 현관 계단 양쪽에 무쇠로 된 꽃병이 놓여 있었고 대문 위에는 방패 모양의 간판이 번쩍이고 있었다. 공증인의 집으로서 이 마을에서는 제일 좋은 집이었다.

성당은 그로부터 20보 정도 떨어진 광장 입구 길 건너편에 있었다. 성당 주위로는 자그마한 묘지가 있었는데 가슴 높이의 담이 둘러쳐져 있었으며, 무덤이 하도 빽빽하게 들어차 있어서

묘석들이 마치 도로 포석처럼 보였다. 샤를 10세 때 개축된 성당은 허름하기 그지없었다. 용빌 마을 대광장의 절반은 시장(市場)이 차지하고 있었으며 면사무소는 약제사 집 옆길 모퉁이에 있었다.

이곳 용빌에서 가장 눈길을 끄는 것은 뭐니 뭐니 해도 '황금 사자여관' 맞은편에 있는 오메 씨의 약국이었다. 저녁이 되어 등불이 켜지고 상점 정면에 장식되어 있는 붉은색과 녹색의 채광 유리에서 나온 빛이 길게 땅 위에 드리울 때면 더욱 그러했다. 그럴 때면 책상에 팔꿈치를 괸 채 그 빛 사이에 서 있는 약제사의 모습이 마치 화려한 불꽃 속에 들어 있는 것 같았다.

용빌에서는 그 외에 더 볼 것이 없었다. 하나밖에 없는 큰 길도 길모퉁이를 돌면 끊겨 있었고 그 양 옆으로 몇몇 가게가 늘어서 있을 뿐이었다. 용빌은 오랫동안 변화를 겪지 않은 정체된 마을이었다.

보바리 부부가 용빌에 도착하는 날 저녁, 황금사자여관 주인인 과부 르프랑수아 부인은 무척 바빴다. 다음 날이 장날이었기에 미리부터 고기를 썰고 닭을 손질하고 수프와 커피를 만들어 놓느라 구슬 같은 땀방울을 흘리고 있었다. 그녀는 하숙인들의 식사는 물론이고, 새로 도착하게 될 의사 부부와 그 집 하녀의 음식까지 손수 장만해야만 했다.

얼굴이 살짝 얽은 남자 한 명이 모자를 쓴 채 벽난로 앞에서 등에 불을 쬐고 있었다. 그의 얼굴에는 자기 만족감이 그득했으며 태도도 지극히 태평스러웠다. 그가 바로 약제사 오메 씨였다. 그는 바빠서 정신이 없는 르프랑수아 부인과 이런저런 잡담을 했다.

얼마 후 어둑어둑해졌을 때 멀리서 역마차 소리가 들려왔다. 예정보다 늦은 시각이었다. 마차가 늦게 도착한 것은 오는 도중 보바리 부인의 개가 마차에서 뛰쳐나가 들판으로 도망치는 일이 있었기 때문이었다. 사람들이 모두 나서서 15분 동안 개를 찾아 나섰지만 찾지 못했다. 마차에는 용빌 마을 사람들의 도회지 심부름을 도맡아 하는 이베르와, 포목상 뢰뢰 씨가 함께 타고 있었다.

엠마가 제일 먼저 마차에서 내리고 뒤이어 펠리시테, 뢰뢰, 그리고 유모 한 사람이 내렸다. 샤를은 마차 한구석에서 곯아떨어져 있었기에 마부가 흔들어 깨워야 했다.

그들이 모두 제비(마차의 이름이었다)에서 내리자 오메가 나서서 자기소개를 했다. 그는 제일 먼저 부인에게 경의를 표한 다음, 샤를에게 인사를 했다. 그리고 자기가 조금이나마 도움을 줄 수 있어서 기쁘다고 말한 후, 아내가 출타 중이어서 혼자 올 수밖에 없었다며, 불청객이긴 하지만 함께 식사를 할 수 있으면 기쁘겠다고 말했다.

보바리 부인은 부엌으로 들어섰다. 그녀는 벽난로로 다가가 치마 무릎께를 잡아 치마를 발목까지 끌어올렸다. 그녀는 그런 후, 빙글빙글 돌아가고 있는 양의 허벅지 고기 위로 까만 반장화를 신고 있는 발을 내밀고는 불을 쬐었다. 불길이 그녀의 온몸을 비추어주어서, 그녀가 입은 옷의 올 하나하나와 하얀 피부의 모공까지 환하게 드러났으며 때때로 깜빡거리는 눈꺼풀까지 또렷이 보였다.

벽난로 반대편에서 금발 청년 한 명이 그런 그녀의 모습을 말없이 지켜보고 있었다. 기요맹이라는 공증인 사무소에서 조수로 일하고 있는 레옹이라는 청년이었다. 그는 이곳 식당의 단골이었다. 그러나 그는 가끔 보통 식사 시간보다 늦게 이곳에 오곤 했다. 용빌 생활이 너무 답답했기에 혹시 마차 편에 이야기를 나눌 만한 사람이라도 오지 않았을까 하는 기대에서였다. 그는 평소에는 또 다른 단골손님인 용빌의 세무 공무원 겸 소방대장인 비네 씨와 단둘이 마주 앉아 식사를 해야 할 때가 많았는데, 막 도착한 새로운 손님들과 식사를 하지 않겠느냐고 여주인이 제안하자 기꺼이 받아들였던 것이다. 사람들은 르프랑수아 부인이 4인분의 식사를 성대하게 차려놓은 큰 방으로 들어갔다.

오메가 옆에 앉은 보바리 부인을 보며 말했다.

"부인, 피곤하시지요? '제비'가 보통 덜컹거려야지요."

"조금 그렇긴 해요. 하지만 저는 변화를 좋아해요. 이렇게 사는 곳을 옮기는 건 좋은 일이에요."

레옹이 맞장구를 쳤다.

"사실입니다. 한 군데에만 붙박여 산다는 건 지긋지긋한 일이지요."

그러자 샤를이 대화에 끼어들었다.

"하지만 나처럼 매일 말 등에 얹혀서 살아야 하는 사람은 꼭 그렇지도 않아요."

이번에는 약사가 나서서, 이곳의 날씨와 풍토 등에 대해 길게 이야기한 다음 이곳에서 의사 생활을 하는 건 그다지 힘들지 않을 것이라고 말했다. 그의 이야기가 끝나자 보바리 부인이 청년에게 물었다.

"이 근처에는 산책할 만한 곳이 없나요?" 레옹이 대답했다.

"별로 없습니다. 다만 저 언덕 위 숲 근처에 '목장'이라고들 부르는 곳이 있긴 합니다만. 일요일이면 그곳에서 책을 읽거나 해 지는 광경을 바라보곤 합니다."

보바리 부인이 그의 말을 받았다.

"해 지는 광경보다 멋진 건 없지요. 책을 좋아하시나 봐요."

"책을 읽고 있으면 제자리에서 꼼짝도 하지 않은 채 여러 곳을 여행하는 셈입니다. 부인도 책을 좋아하셨다면 아마 이런 경험을 해보셨을 겁니다. 전부터 가지고 있던 희미한 생각, 아주 먼 곳에 있다가 갑자기 내 눈 앞에 다가온 희미한 이미지, 자신의 내부에 감추어져 있던 은밀한 감정, 이런 것들이 책에 그대로 표현되어 있구나, 하는 생각 말입니다."

"어쩜, 제 생각과 똑같은 말씀을 하시네요"라고 엠마가 대답했다.

그들은 식탁에 앉아 두 시간 반 동안 이런저런 이야기를 나누며 식사를 했다. 샤를은 주로 약제사와 이야기를 나누었고 그 사이 엠마와 레옹은 바싹 붙어 앉아서 생각나는 대로 이야기를 했다. 그들은 어떤 화제를 입에 올리더라도 서로 이해하고 공감했다. 파리의 연극, 소설 제목, 새로운 춤곡뿐 아니라, 심지어 그들이 알지 못하는 파리의 사교계에 대해, 또한 지금까지 그녀가 살고 있던 토트에 대하여, 그녀가 지금부터 살게 될 용빌에 대하여 그들은 모든 것을 점검했고 거의 모든 것에 동의했다.

이윽고 식사가 끝나고 모두 자리에서 일어나자 사환 아이가 보바리 부부가 살게 될 집으로 그들을 안내하기 위해 등불을 손에 들고 기다리고 있었다.

마을은 잠들어 있었다. 의사의 집은 여관에서 겨우 50보 정도의 거리에 있었기에 그들은 곧바로 헤어져야 했다.

현관에 들어선 엠마는 마치 축축한 옷을 입었을 때처럼 집 안의 냉기가 어깨 위로 엄습하는 느낌을 받았다. 벽은 새로 칠을 했지만 나무 층계에서는 삐걱거리는 소리가 났다. 2층 침실로 들어서자 커튼이 쳐지지 않은 창으로 희끄무레한 빛이 들어왔다. 창을 통해 나무 꼭대기들이 보였고 저 멀리 들판은 달빛 아래 피어난 물안개에 잠겨 있었다. 방 한가운데에는 장롱 서랍, 병들, 커튼 걸이, 금색 칠을 한 막대기, 대야 들이 흩어져 있었고, 소파 위에는 매트리스가 놓여 있었다. 가구를 가지고 온 남자들이 아무렇게나 던져놓고 간 것이었다.

엠마가 낯선 곳에서 잠을 자는 것은 이번이 네 번째였다. 수녀원에 들어가던 날이 첫 번째였고, 두 번째는 토트에 도착했을 때, 세 번째는 보비에사르의 후작 저택이었으며 이곳이 네 번째였다. 그때마다 그녀 생애에 새로운 일이 일어나곤 했다. 그녀는 장소가 달라지면 뭔가 다른 일이 벌어지는 법이라고 생각하고 있었다. 게다가 이제까지 별로 제대로 살아오지 못했으니 이번에는 뭔가 좋은 일이 기다리고 있지 않을까, 라고 그녀는 생각했다.

제2장

다음 날 아침 그녀가 눈을 뜨니 서기가 광장에 서 있는 것이 보였다. 그녀는 잠옷을 입고 있었다. 서기가 고개를 들어 그녀를 보고 인사했다. 그녀는 얼른 답례를 하고는 창문을 닫았다.

레옹은 그날 하루 종일 어서 저녁 6시가 되기만 기다렸다. 그러나 그 시각이 되어 여관에 갔을 때는 비네 혼자 식탁에 앉아 있었다.

전날 밤의 식사는 그에게 굉장한 사건이었다. 지금까지 그는 여자와 계속해서 두 시간 동안 이야기해본 적이 없었다. 그런데 어떻게 그 많은 일들에 대해 청산유수처럼 말을 늘어놓을 수 있었단 말인가? 전 같으면 도저히 있을 수 없는 일이었다. 그는 수줍음을 잘 타는 성격이어서 항상 조심성이 있었고 자기 자신을 잘 드러내지도 않았다. 그는 윗사람의 말에 조용히 귀를 기울이는 편이었고, 게다가 젊은이답지 않게 정치 문제에 열을 올리지도 않았다.

그는 여러 가지 재주가 많아서 수채화도 그렸고 악보도 읽을 줄 알았으며 문학 작품을 즐겨 탐독했다. 오메 씨는 그가 교양이 있다고 높이 평가했고 오메 부인은 그가 친절하다고 칭찬했다.

한편 약제사 오메는 새로 생긴 이웃에게 더없이 친절했다. 그는 보바리 부인에게 상점들에 관한 정보를 알려주었고, 직접 사과주 장수를 소개해주고는 자기 자신이 직접 맛을 보며 술통을 지하 창고에 넣는 일까지 감독했으며 그 외에도 여러 가지 잔일들을 신경 써주었다.

그가 그렇게 보바리 부부에게 친절을 베푼 것은 타고난 성격 덕분이라기보다는 따로 속셈이 있어서였다.

그는 얼마 전에 의료법을 위반한 일이 있었다. 의사가 아닌 약사로서 면허 없이 의료 행위를 한 것이었다. 누군가 그를 밀고해서 그는 루앙의 검사 사무실로 소환되었다. 생전 처음 그런 일을 당한 그는 잔뜩 겁에 질렸었고 검사 사무실로 들어서면서 지하 감옥이 눈앞에 어른거렸다.

하지만 그때의 무서웠던 기억이 차츰 희미해지자 그는 전처럼 약국 뒷방에서 가벼운 병에 대해 진찰을 계속하고 있었다. 하지만 면장이 그런 그를 못마땅해 했고 다른 동업자들도 그를 시기하고 있었기에 매사에 조심해야만 했다. 그가 보바리 부부에게 호의를 베푼 것은 나중에 그들이 그 사실을 알게 되더라도 눈감아주기를 기대해서였다.

샤를은 환자가 없어서 우울했다. 그는 오랫동안 말없이 앉아 있거나 바느질하는 아내를 바라보고 있었다. 기분 전환을 위해 집안 허드렛일을 하기도 했고, 칠장이가 남기고 간 페인트로 헛간을 칠해보기도 했다. 무엇보다 돈 문제가 걱정이었다. 아내의 지참금 1만 5,000프랑은 토트의 집수리와 아내의 몸치장, 이사 비용 등으로 써버려서 하나도 남지 않게 돼버린 것이다.

그런 그를 아내의 임신이 달래주었다. 해산이 가까워지면 가까워질수록 그는 아내를 더욱더 소중하게 여겼다. 자식이 생긴다는 것은 자신과 아내 사이에 새로운 육체적 관계가 생기는 것을 의미했고, 그녀와 자신이 영원히 완전하게 맺어지는 것처럼 여겨졌다.

한편 엠마는 자신이 임신했다는 사실을 알았을 때, 처음에는 놀랐다. 하지만 엄마가 된다는 게 어떤 것인지 알고 싶어서 빨리 아이를 낳고 싶었다. 그녀는 장밋빛 비단 커튼이 달린 요람을 준비하고, 수를 놓은 화려한 아기 모자를 사고 싶었다. 하지만 돈이 없어서 그런 것들을 살 수 없게 되자 화가 나서 아기 용품 준비하는 일을 그만 두고 모두 마을의 어느 바느질하는 여자에게 맡겼다. 엄마들의 모성애를 자극하는 출산 준비에 시들해지자 아기에 대한 그녀의 애정은 애초부터 적잖이 손상되어 있었다.

어느 일요일 새벽 6시경, 그녀는 딸을 분만했다. 아들을 원했던 그녀는 꽤나 실망했다. 자신이 여자였기에 겪었던 온갖 무력감에 대한 복수로써 그녀는 아들을 원했다. 그녀가 보기에 남자는 자유로웠으며 여자는 언제나 이것저것에 묶여 있는 존재였다.

모든 사람들이 이런저런 이름을 대며 딸의 이름을 추천했지만 엠마는 딸의 이름을 베르트라고 지었다. 지난 번 보비에사르 성에서 후작 부인이 한 젊은 여자를 베르트라고 불렀던 것이 생각났던 것이다. 오메가 대부가 되어 아이에게 영세를 주었고 샤를의 부모도 세례식에 와서 한 달 간 머물렀다. 아이의 외할아버지인 루오 영감은 몸이 불편해 오지 못했다. 세례식이 끝나자 보바리 부부는 아이를 마을 끄트머리 언덕 기슭에 살고 있는 목수 롤레의 마누라에게 맡겼다.

제2부

83

어느 날 엠마는 갑자기 어린 딸이 보고 싶어졌다. 산후 6주간의 금기일이 지났는지 달력으로 확인도 하지 않은 채 그녀는 롤레의 집을 향해 나섰다. 정오였으며 햇살이 강렬하게 비치고 있었고 후덥지근한 바람이 불어왔다. 그녀는 얼마 걷지도 않아 지쳐버렸다. 그녀는 집으로 돌아갈까, 아니면 어디 앉아 좀 쉴까 망설였다.

그때 서류 뭉치를 겨드랑이에 낀 남자 한 명이 근처 어느 문에서 나왔다. 레옹이었다. 그가 다가와 보바리 부인에게 인사를 했다. 그녀는 아기를 보러 가는 길이었는데 너무 지쳤다고 말했다. 그러자 레옹이 그녀에게 말했다.

"저, 혹시⋯⋯."

하지만 그는 감히 말을 잇지 못했다.

그러자 부인이 재빨리 말했다.

"어디 특별한 볼일이 있으신가요?"

레옹이 별일 없다고 하자 그녀는 함께 갈 수 없느냐고 청했고 그는 흔쾌히 응했다.

유모의 집까지 가려면 오막살이들과 뜰 사이에 난 오솔길을 걸어가야 했다. 길가 쥐똥나무에는 꽃이 만발해 있었고 들장미, 쐐기풀, 산딸기 들이 한창이었다. 그녀는 그의 팔에 의지해 걸음을 옮겼고 그는 그녀와 보조를 맞추어 걸었다. 그들 앞에서는 파리떼들이 윙윙거리고 있었다.

유모의 집은 갈색 기와로 덮여 있는 나지막한 집이었다. 대문 소리에 유모가 젖을 물고 있는 아기를 데리고 나타났다. 루앙의 편물 가겟집 아이로서 부모가 너무 바빠 아기를 시골에 맡겨 놓은 것이었다.

보바리 부인을 보자 유모가 말했다.

"어서 오세요. 따님은 저 안에서 자고 있어요."

단 하나뿐인 방 안쪽에 커튼이 쳐지지 않은 큰 침대가 놓여 있었고 그 옆에는 밀가루 반죽 통이 놓여 있었으며 문 뒤 구석 쪽에는 번쩍이는 징을 박은 반장화 몇 켤레가 놓여 있었고 그 옆에는 기다란 기름병이 놓여 있었다.

엠마의 아이는 바닥에 놓인 버드나무 요람 속에서 잠들어 있었다. 엠마는 아기를 포대기째 안고는 가볍게 흔들면서 노래를 흥얼거렸다. 얼마 지나지 않아 엠마는 아기를 다시 요람에 눕혔다. 아기가 그녀의 옷에 젖을 토했기 때문이었다. 유모가 얼른 다가와 젖을 닦으며 얼룩은 지지 않을 것이라고 말했다.

"어떤 때는 더 심하답니다. 그래서 아기를 계속 씻겨야 해요. 제가 필요할 때 마음 놓고 비누를 갖다 쓸 수 있도록 잡화상에 말씀 좀 해주실 수는 없는지요? 번번이 마님을 귀찮게 하느니 그 편이 편하실 것 아니겠어요?"

엠마는 서둘러 "알았어요, 알았어. 그럼 잘 있어요, 롤레 어멈"이라고 말한 후 문지방에 신발을 문질러 닦으며 밖으로 나왔다. 그러자 유모가 따라 나오며 커피 1파운드와 브랜디를 한 병 주시면 감사하겠다고 졸랐고 엠마는 알았다고 대답한 후 레옹과 함께 그곳을 떠났다.

유모가 시야에서 사라지자 그녀는 다시 레옹의 팔을 잡았다. 그들은 강가를 따라 용빌로 돌아왔다. 강물은 보기에도 시원할 정도로 빠르게 흐르고 있었다. 돌아오면서 그들은 곧 루앙 극장에서 공연 예정인 스페인 무용단에 대해 이야기를 나누었다.

"구경 가실 건가요?"라고 엠마가 물었다.

"네, 갈 수만 있으면요" 하고 레옹이 대답했다.

그들 사이에 다른 이야깃거리는 없었을까? 그들의 두 눈에는 무언가 진지한 이야기들이 가득 차 있었다. 그러면서도 그들은 애써 평범한 이야기들만 찾으려 애썼다. 하지만 저 마음 깊은 곳에서는 영혼의 속삭임이 들려왔다. 두 사람은 모두 그 속삭임에 놀랐다. 단지 그 새롭고 감미로운 기분에 놀라서 그것에 대해서는 아무 이야기도 나누지 않았고, 왜 그런 기분이

드는지 원인을 찾으려고도 하지 않았다. 그들은 그 향기에 취해 아직 그 모습을 드러내지 않은 미래의 지평선 따위는 생각조차 하지 않았다.

이윽고 그녀의 집에 도착하여 그녀가 집 안으로 사라지자, 레옹은 사무실로 돌아갔다. 주인은 부재중이었다. 그는 잠시 서류를 훑어본 후 거위 깃으로 된 펜을 깎았다. 하지만 결국 모자를 집어 들고 밖으로 나왔다.

그는 아르괴유 언덕 위 숲 입구에 있는 '목장'으로 가서 벌렁 드러누워 하늘을 바라보았다.

"아아, 따분해. 정말 말할 수 없이 따분해"라고 그는 중얼거렸다.

이런 곳에서, 자기가 세 들어 사는 집 주인 오메 씨를 친구 삼아, 기요맹 씨를 주인으로 모시고 살아가는 자신의 처지가 처량하기 그지없었다. 그는 자기 주변 사람들에 대해 생각해보았다. 일밖에 모르고 섬세함이라고는 찾아볼 수 없는 주인 기요맹 씨, 양같이 순하고 정도 많지만 말할 수 없이 행동이 굼뜬데다 따분한 이야기밖에 할 줄 모르는, 아직 서른밖에 안 되었으면서도 여자라는 느낌을 한 번도 주지 않는 오메 씨의 부인 등이 가장 가까운 주변 사람이었다.

그밖에 또 누가 있던가? 저녁 식사 때면 마주치는 비네 씨, 상인 몇 명과 선술집 주인 두세 명, 그리고 신부가 있었다. 거기다 돈 푼 깨나 있다고 으스대지만 둔감하기 그지없어, 도저히 마음을 터놓고 친하게 지낼 수 없는 면장과 그의 두 아들이 있었다.

그런데 그런 밋밋한 사람들 얼굴 위로 엠마의 모습만이 홀로 그들과 떨어진 채 오롯이 떠올랐다. 그러나 그 모습은 아득히 멀리 있었다. 그녀와 자신 사이에는 아득한 심연이 가로놓여 있는 것만 같았다.

제3장

첫 추위가 시작되자 엠마는 방을 옮겨 큰 방에 기거하게 되었다. 그녀는 창가 안락의자에 앉아 거리를 지나다니는 사람들을 바라보곤 했다.

레옹은 하루에 두 번씩 사무실에서 나와 황금사자여관으로 갔다. 엠마는 멀리서도 그의 발소리를 알아들을 수 있었다. 청년은 언제나 똑같은 옷을 입은 채 고개를 돌리지도 않고 창가 저쪽을 지나갔다. 저녁때쯤, 그녀는 수놓던 자수를 무릎 위에 놓은 채 턱을 괴고 창가에 앉아 있다가 갑자기 그의 그림자가 나타나면 자기도 모르게 가슴이 두근거리며 자리에서 일어났다.

약제사 집에서는 일요일마다 모임이 있었다. 하지만 오메의 정치적 독설 때문에 사람들은 거의 발길을 끊었고 결국 보바리 부부와 레옹만이 참석하는 일이 잦아졌다. 벨이 울리면 서기는 재빨리 보바리 부인을 마중 나가서 그녀의 숄을 받아 들었다.

약제사와 의사는 주로 카드놀이를 했고 카드놀이가 싫증나면 도미노 게임을 했다. 그사이 엠마는 레옹과 함께 패션잡지를 보기도 했고 그가 읊어주는 시에 귀를 기울이기도 했다. 그 사이 약제사와 의사는 난로 옆에 쭉 뻗고 앉아서 잠에 빠져들었다.

그들이 잠이 들면 레옹은 시 낭송을 그쳤고 둘은 낮은 목소리로 이야기를 나누었다. 아무도 듣는 이가 없었기에 둘 사이의 대화는 그만큼 더 달콤했다. 이렇게 해서 둘 사이에는 일종의 유대가 생겨났으며 책과 사랑의 노래를 끊임없이 주고받았다. 하지만 샤를은 질투심이라고는 모르는 사람이어서 그것을 하나도 이상하게 생각하지 않았다.

레옹은 샤를의 생일 선물로 골상학에 필요한 멋진 두개골을 선물했다. 그 외에도 서기는 루앙까지 그의 심부름을 해주는 등 온갖 친절을 베풀었다. 엠마는 창가에 화분을 놓는 선반을 달았다. 서기의 창가에도 화분들이 매달려 있었다. 두 사람은 각자 창가에서 화분을 돌보며 서로를 바라보았다.

어느 날 밤 집으로 돌아온 레옹은 자기 방에 새로 작은 카펫이 하나 깔린 것을 발견했다. 연한 바탕에 나뭇잎 무늬가 들어간 벨벳과 양모로 된 카펫이었다. 그는 오메 부인과 오메, 그리고 약국에서 도제 수업을 받고 있는 오메의 먼 사촌뻘인 쥐스탱을 불러서 그것을 보여주었다. 그는 자기 사무실 주인인 공증인에게도 그 이야기를 했다.

의사 부인이 공증인 서기에게 왜 그런 선심을 쓰는 것일까? 정말 이상한 일이었다. 이어서 모두들 의사 부인이 그의 '정부' 임에 틀림없다고 단정해 버렸다.

이제 레옹은 어떻게 하면 그녀에게 자신의 마음을 고백할 수 있을까 고민하기 시작했다. 그는 언제나, 혹시 그녀 마음을 상하게 하면 어쩌나 하는 걱정과, 그토록 소심한 자신에 대한 부끄러움을 동시에 느꼈고, 낙담과 욕망 사이에서 고뇌하며 눈물을 흘리기도 했다.

그는 마음 단단히 먹고 편지를 썼다가 찢어버리기도 했으며 결심을 하고 집을 나서기도 했다. 하지만 엠마 앞에 서기만 하면 그 결심은 어디론가 사라져버렸다. 그러고는 샤를이 나타나 이웃에 마차를 타고 환자를 보러 갈 일이 있는데 함께 가지 않겠느냐고 권하면 냉큼 그의 뒤를 따라나섰다.

한편 엠마는 단 한 번도 자기 자신이 그를 사랑하는지 아닌지 생각해본 적이 없었다. 그녀에게 사랑이란 천둥 번개처럼 갑자기 요란하게 찾아오는 것이었다. 그것은 하늘에서 내려오는 돌풍 같은 것으로서 이 세상을 온통 뒤집어엎고 모든 인간의 의지를 나뭇잎처럼 뜯겨 나가게 만들고, 모든 인간의 마음을 심연 속에 빠뜨려버리는 것이어야 했다. 하지만 그녀는 꽉 막힌 홈통의 물이 결국 집 안에 호수를 만들어버린다는 것을 모르고 있었다. 그녀는 벽에 금이 간 것을 알고도 안심하고 있었던 것이다.

눈 내리는 2월 어느 일요일 오후였다. 보바리 부부와 오메와 레옹은 용빌에서 5리가량 떨어진 곳에 세워진 방직공장을 구경하러 갔다.

하지만 구경할 것이 별로 없었다. 오메는 공장의 중요성에 대해 설명을 했고 샤를은 두꺼운 모자를 눈썹까지 뒤집어쓰고 덜덜 떨고 있었다. 엠마에게 그런 그의 모습이 더없이 바보처럼 여겨졌고 그 뒷모습, 태연하기 짝이 없는 그 등짝을 보기만 해도 짜증이 났다. 그날, 오메의 아들 나폴레옹이 석회더미에 발이 빠져 아이의 신을 닦아야만 하는 일이 벌어졌다. 그런데 샤를이 주머니에서 칼을 꺼내서 오메에게 주었다. 엠마는 '뭐

야, 주머니에 칼을 넣고 다니다니! 이건 꼭 농사꾼 꼴이잖아!'
라고 속으로 생각했다.

그날 저녁 엠마는 이웃집 방문을 하지 않고 홀로 집에 있었
다. 그리고 너무나 또렷하게 대비되는 두 사람의 영상을 떠올
리고 있었다. 침대에 누운 채 벽난로의 불꽃을 바라보고 있는
그녀의 눈앞에 레옹의 모습이 또렷이 떠올랐다. 한 손으로는
가느다란 채찍을 구부려 잡고 다른 한 손으로는 얼음덩어리를
빨고 있는 나폴레옹의 손을 잡고 서 있는 모습이었다. 그녀는
그 모습이 너무 매력적이어서 눈을 뗄 수가 없었던 것이다. 그
영상과 함께 그동안 그가 보여준 여러 몸짓들, 그가 해준 말들,
그의 목소리들이 연이어 떠올랐다. 그녀는 마치 입맞춤을 하듯
입술을 삐죽 내밀고 되뇌었다.

"정말 매력적이야! 그래, 너무 매력이 있어!"

이어서 그녀는 자문했다.

'그 사람이 누군가를 사랑하고 있는 건 아닐까? 그렇다면 누
구를? 그래, 바로 나야!'

그 증거가 수없이 머릿속에 펼쳐지자 그녀는 가슴이 두근거
렸다. 이어서 슬픔이 밀려왔다.

'오, 하느님, 하느님께서 이루어주셨다면! 그런데 어쩌다 그

렇게 되지 않은 걸까? 도대체 무엇이 방해를 한 걸까?'

그런데 다음 날부터 엠마의 생활 태도가 바뀌었다. 가사에 충실하고 꼬박꼬박 성당에 가고 하녀를 엄중하게 다루었다. 그리고 베르트를 집으로 데려왔다. 그녀는 손님들 앞에서 손수 아기 옷을 갈아입히며 자기는 아기를 정말 귀여워한다, 아기는 자신에게 위로이고 기쁨이라고 말했다. 그녀가 아이에게 입을 맞추며 온갖 멋진 말을 다 늘어놓았기에 그녀를 잘 모르는 사람이 그녀를 보았다면 『노트르담 드 파리』에 나오는 자루 수녀, 라 파게트를 연상했을 것이다.

샤를이 집에 돌아올 때면 난로 옆에 따끈하게 데워진 슬리퍼가 놓여 있었으며 셔츠 단추가 떨어져 있는 적도 없었고, 옷장은 차곡차곡 정돈이 되어 있었다. 그녀는 옛날처럼 남편과 함께 정원을 산책했고, 남편이 그 무언가를 제안하면 한 마디 불평도 없이 그대로 따랐다.

저녁 식사 후 샤를은 두 다리를 받침대 위에 올려놓은 채 느긋한 자세로 행복에 젖었으며 아기는 양탄자 위를 기어 다녔다. 샤를의 늘씬한 아내는 안락의자 뒤로 다가가 남편의 이마에 입을 맞추었다.

그런 장면을 보면서 레옹은 생각했다.

'그래, 말도 안 돼. 내가 어떻게 그녀에게 가까이할 수 있단 말인가!'

그녀가 너무도 정숙하고 근접하기 어려운 모습을 보였기에 지극히 막연했던 그의 희망이 사라져버린 것이다.

그러나 그렇게 그녀를 체념하는 순간, 그에게 그녀는 한층 더 드높은 위치로 격상되었다. 그녀를 육체적으로 포기하게 되자 그의 마음속에서 그녀는 마치 신처럼 육체에서 벗어나 드높은 위치로 올라간 존재가 되었다. 그것은 더없이 순수한 감정으로서, 정말 희귀한 감정이었다. 그렇기에 정말 소중한 감정이었고, 그 감정을 갖게 되었다는 기쁨보다는 그 감정을 잃을 때의 고통이 더 큰 감정이었다.

그사이 엠마는 야위어 갔다. 두 뺨은 창백해졌고 얼굴이 길쭉해진 것 같았다. 그녀의 검은 머리띠, 크게 뜬 눈, 곧바로 뻗은 콧날, 새처럼 가벼운 걸음걸이, 게다가 이제 와서는 거의 침묵에 잠겨 있는 그녀의 모습은 구체적 삶과는 거의 접촉하지도 않고 스쳐가는 그 어떤 신비스러운 존재 같은 느낌을 주었다. 또한 그녀의 이마에는 그 어떤 숭고한 낙인이 찍혀 있는 것 같았다. 그녀는 그렇게 슬프고, 그렇게 차분하고, 부드러우면서

제2부

95

동시에 너무 삼가는 모습이어서 그녀 옆에 있으면 마치 성당 안 대리석 냉기가 서린 꽃향기에 취한 것 같은 매력을 느꼈다. 모든 사람들이 그녀의 근검절약을, 그녀의 예의 바름을, 그녀의 자비로움을 칭찬했다.

그러나 그녀의 속은 탐욕과 분노와 증오로 들끓고 있었다. 똑바로 주름 잡힌 옷이 그녀의 뒤틀린 마음을 감추고 있었으며 정숙해 보이는 입술이 그녀의 마음속 번뇌를 차단하고 있었다. 그녀는 레옹을 사랑하고 있었다. 그녀는 자신의 마음속에서 그 사랑을 한껏 즐기기 위해 고독을 택했다. 그를 직접 눈앞에서 보게 되면 이러한 상상 속의 쾌락이 흩어졌다. 그의 발소리에 엠마의 가슴은 두근거렸다. 그러나 정작 그가 나타나면 감동은 어디론가 사라져버렸고 놀라움 속에서 그 감동은 슬픔으로 변해버렸다.

레옹은 매번 절망한 채 그녀의 집을 떠났다. 하지만 그런 그가 모르는 사실이 있었다. 그가 나가자마자 그녀가 뒤쫓아 일어나 길을 걸어가는 그의 모습을 지켜본다는 사실이었다. 그러나 엠마는 자신의 사랑을 또렷이 의식하면 할수록 그것이 밖으로 나오지 않도록 더욱더 억눌렀고 그 사랑을 약하게 만들려고 노력했다. 그러면서 그녀는 그 모든 것을 레옹이 눈치채주기를 바랐다. 그리고 그런 계기가 될 돌발 상황 같은 것이 오기를 꿈꾸었다.

하지만 한편으로는 '나는 정숙해'라고 스스로 다짐하며 체념한 모습으로 거울을 보기도 했다. 그럴 때면 자긍심이 들었고 기쁨을 느꼈으며 그것이 그녀의 희생을 어느 정도 보상해주었다.

그러는 가운데 그녀는 자신의 내부의 고통, 욕구 불만의 화살을 모두 남편 샤를에게 돌렸다. 남편을 향한 증오심을 죽이려고 애를 쓰면 쓸수록 그런 식으로 애를 쓰게 만들어버린 남편을 향한 원망이 더 커졌다. 그녀는 더 절망했고 그녀와 남편 사이는 더 멀어졌다. 심지어 그녀는 자신의 부드러운 태도에 대해서조차 화가 났다. 초라한 생활이 지긋지긋해서 화려한 삶을 꿈꾸게 되듯이 부부 사이의 애정이 식어갈수록 그녀는 간통을 꿈꾸게 되었다.

'차라리 남편이 나를 두들겨 패주면 좋으련만!'이라고 그녀는 생각했다. 그렇게만 된다면 그를 미워할 정당한 사유가 생길 것 같았다. 그렇게 남편이 미우면서도 계속 미소를 지으며 행복하다고 말해야 하다니! 그런 척 해야 하다니!

그녀는 그런 위선이 너무 싫어 레옹과 함께 어디론가 도망치고 싶다는 유혹을 느끼기도 했다. 어딘가 미지의 곳에서 새로운 운명을 개척하고 싶었다. 그러나 순간 그녀의 마음속 시커먼 심연이 입을 벌렸다.

'그는 나를 더 이상 사랑하지 않아. 아아, 어떻게 구원을 받을 수 있으며 어떤 것에서 위안과 위로를 얻을 수 있단 말인가?'

한편 레옹은 레옹대로 응답 없는 사랑에 지쳐버렸다. 게다가 매일 똑같은 일이 반복되는 것을 견딜 수 없었다. 게다가 그는 용빌과 용빌 사람들에게도 싫증이 날 대로 나 있었다. 그는 새로운 생활을 하고 싶었지만 동시에 두렵기도 했다. 하지만 두려움은 곧 조바심으로 바뀌었다.

그러자 저 멀리 파리가 그에게 손짓했다. 일단 그 생각이 들자 무도회가 그에게 손짓하는 것 같았고 아가씨들의 웃음소리가 들려오는 것 같았다. 한 번 생각이 기울자 마음속에서 모든 것이 단번에 준비가 되었다.

'그래, 파리로 가서 법률 공부를 마치는 거야. 그래, 거기 살면서 예술가처럼 생활할 거야. 기타 레슨도 받아야지. 실내 가운도 마련하고 바스크 베레모도 살 거야.'

그는 어머니에게 편지를 해서 승낙을 받았고 그의 고용주인 공증인도 발전 가능성이 더 큰 곳으로 가는 것에 대찬성한다고 하여 그는 차근차근 준비를 했다.

드디어 작별의 순간이 오자 오메 부인은 눈물을 흘렸고 쥐스탱은 엉엉 소리 내어 울었다. 오메는 남자답게 악수로 작별 인사를 대신했고 공증인은 자기 마차로 레옹을 루앙까지 데려다주겠다고 약속했다. 이제 남은 것은 보바리 부부와 작별하는 일뿐이었다.

그가 계단을 올라 안으로 들어서자 보바리 부인이 황급히 자리에서 일어났다. 샤를은 집 안에 없었다. 그들 사이에는 침묵이 흘렀다.

이윽고 레옹이 한숨을 쉬며 말했다.

"그럼, 안녕히!"

고개를 숙이고 있던 그녀가 갑자기 고개를 들었다.

"그래요, 안녕히 가세요. 자, 이제 가세요."

두 사람은 서로 다가섰다. 그가 손을 내밀자 그녀가 잠시 망설였다. 그러고는 웃으며 손을 내밀었다. 그는 손가락 사이로 그녀의 손을 느꼈다. 그러자 그의 온몸과 마음이 축축한 그녀의 손바닥 안에 녹아내리는 것 같았다.

한참 후 그는 손을 풀었다. 눈과 눈이 마주쳤다. 그리고 그는 사라졌다.

보바리 부인은 뜰을 향해 나 있는 창문을 열고 구름을 바라보았다. 검은 소용돌이 모양으로 서편 하늘에 몰려 있는 구름은 빠르게 루앙 쪽으로 흘러갔다. 그 사이사이를 강렬한 햇살이 마치 황금 화살처럼 꿰뚫고 있었고 나머지 하늘은 텅 빈 하얀색이었다.

'아, 그 사람은 이제 멀리 갔겠지'라고 엠마는 생각했다.

저녁에 보바리 부부가 식사를 하고 있을 때 오메 씨가 찾아왔고 샤를과 오메 씨는 레옹의 파리 생활에 대해 걱정을 했다. 그리고 오메 씨는 자리에서 일어나며 갑자기 생각이 난 듯 말했다.

"아, 참, 소식 들으셨습니까?"

"무슨 소식입니까?"

"센강 하류 지방 농업공진회가 올해는 용빌 라베이에서 열릴 거랍니다. 그런 소문이 돌고 있어요. 오늘 아침 신문에서도 보았습니다. 그게 사실이라면 우리 군으로서는 대단한 사건이지요. 어쨌든 나중에 다시 이야기하기로 하지요."

제4장

레옹이 떠나간 다음 날 엠마는 하루 종일 우울했다. 마치 황량한 고성에 겨울바람이 쏴 하고 불어오듯이 슬픔이 그녀의 가슴을 휩쓸고 지나갔다.

보비에사르에서 돌아왔을 때 여전히 춤곡이 그녀의 머릿속을 맴돌고 있던 것처럼 레옹이 떠나갔지만 그의 모습은 여전히 눈앞에 아른거렸다. 평소보다 더 잘생기고 다정스러운 모습이었다. 그는 비록 그녀의 곁에서 멀어졌지만 완전히 떠나버린 것은 아니었다.

그녀의 회상 속에서 그와 함께 했던 모든 것이 아름다웠다. 그런데 그가 가버렸다. 그녀의 삶에서의 유일한 매력이었으며 행복할 수 있는 유일한 기회였는데! 왜 그녀는 눈앞에 있는 행복을 붙잡지 않았는가? 그가 도망가려고 했을 때, 왜 두 손으로 잡지 못했는가? 왜 무릎 꿇고 그를 주저앉히지 못했는가?

그녀는 뒤쫓아 가서 그의 품에 안기고 싶었다. "저예요. 저는 당신 거예요"라고 말하고 싶었다. 하지만 그러기에는 너무나 난관이 많았기에 그녀는 포기했다. 아쉬움 때문에 그녀의 욕망은 더 커졌고 더 세차게 끓어올랐다.

하지만 시간이 지남에 따라 그 불길은 차츰 가라앉았다. 그녀 내부의 연료가 고갈되었기 때문이었을까, 아니면 연료를 한꺼번에 너무 많이 쌓아올렸기 때문이었을까? 그러자 열정이 고갈되고 재만 남은 그녀에게 어디서도 구원의 손길은 다가오지 않았다. 천지는 암흑투성이었고 추위가 휘몰아치고 있었으며 그녀는 벌벌 떨며 밤길을 헤매고 있었다.

이제 토트에서와 같은 불행한 나날들이 다시 시작되고 있었다. 그리고 그녀는 지금이 그때보다 더 불행하다고 생각했다. 더없이 큰 고통을 겪었고 그 고통이 결코 끝나지 않으리라 여겨졌기 때문이었다.

그렇게 큰 자기희생을 경험한 후에 그녀에게는 변덕이 찾아왔다. 그런 자그마한 변덕 없이는 단 하루도 무사히 지낼 수가 없을 것 같았기 때문이었다. 그녀는 고딕식 기도대를 샀고 손톱 손질을 위하여 한 달에 14프랑어치의 레몬을 사들였다. 또한 루앙에 캐시미어 옷을 주문했고 잡화상 뢰뢰의 가게에서 가장 고급스러운 허리띠를 사들였으며 머리 모양도 바꾸었다.

그녀는 갑자기 이탈리아어를 배우는 데 열중했으며 온갖 진지한 책을 사들여 밤새 읽기도 했고, 양탄자를 만든다고 법석을 떨기도 했다. 하지만 그 어느 것 하나 제대로 끝낸 것은 없었다. 어느 날 갑자기 발작을 일으키기도 했고 브랜디를 반 컵이나 단숨에 비우기도 했으며 때로는 기절도 했고 각혈을 하기도 했다. 샤를이 불안한 눈으로 그녀를 걱정하기라도 하면 그녀는 "왜 그래요! 이 정도 갖고 뭘 그래요!"라고 쏘아붙였다. 그러면 샤를은 진료실로 들어가서 책상에 팔을 괴고 앉아 눈물을 흘리는 수밖에 없었다.

그러던 어느 장날이었다. 광장은 장사치들과 물건을 사러 온 사람들로 북적이고 있었다. 엠마는 제 방 창문에 팔꿈치를 괴고 밖을 내다보고 있었다. 그런데 법석이는 인파 속에서 한 사람의 모습이 눈에 확 들어왔다. 녹색 벨벳 프록코트를 입은 신사였다. 각반을 단단히 매고 노란 장갑을 낀 그 신사는 분명 의사의 집 쪽을 향해 걸어오고 있었다. 그 뒤로는 머리를 푹 숙인 농부 한 명이 뒤따르고 있었다.

그는 현관에서 펠리시테와 이야기를 나누고 있던 쥐스탱에게 물었다.

"의사 선생님 좀 뵐 수 있을까?"

그는 쥐스탱을 이 집 하인이라고 생각했는지 이어서 말했다.

"라위세트의 로돌프 블랑제 씨가 왔다고 전해주게."

라위세트는 그의 영지였다. 그는 최근에 그곳의 성관과 두 군데 농장을 사들여 경작하고 있었다. 하지만 독신인 데다 연수입이 1만 5,000프랑이나 되기에 농사일을 그다지 열심히 하지는 않았다. 그와 함께 온 농부는 그의 농장에서 일을 하는 소작인이었다.

그들은 진찰실로 안내되었고 곧이어 샤를이 진찰실로 들어왔다. 블랑제 씨가 함께 온 농부를 소개하자 농부가 허세를 부리며 말했다.

"선생님, 온몸이 욱신거리는 게 사혈을 좀 하면 시원해질 것 같습니다."

사혈을 함부로 하는 게 아니라며 샤를이 말려도 막무가내였다. 농부는 허세를 부리며 팔을 앞으로 내밀었다. 샤를은 할 수 없이 쥐스탱에게 대야를 들고 있어달라고 한 후 사혈을 시작했다. 하지만 일이 나고 말았다. 피가 팔에서 솟구치자 큰소리치던 농부가 얼굴이 하얗게 질린 채 몸을 벌벌 떨었고 대야를 들고 있던 쥐스탱은 사색이 되었으며 결국 둘 다 제정신을 잃고 말았다.

다급한 마음에 샤를이 큰 소리로 아내를 불렀고 곧이어 엠마가 달려왔다. 그녀는 열심히 섬세한 손을 놀려 쥐스탱의 넥타이를 풀었다. 그런 다음 삼베 손수건을 꺼내 식초를 묻힌 후, 쥐스탱의 관자놀이를 두드리며 입김을 불었다.

잠시 후 둘 다 겨우 정신을 차렸고 펠리시테의 전갈을 받고 오메가 달려왔다. 그는 조수가 눈을 뜨고 있는 것을 보고 안도의 숨을 내쉬었다.

"아니, 이런 바보 같은 놈아! 평소에 그렇게 겁도 없어 보이던 놈이 고작 피 뽑는 걸 보고 기절을 해! 그래 가지고 어떻게 약제사 노릇을 할 수 있겠냐! 그리고 도대체 약국에 손님이 많아서 정신이 없는 판에 여기 와서 뭘 하고 있었던 거냐? 냉큼 뛰어가지 못해. 가서 내가 갈 때까지 기다려!"

그러는 동안 로돌프 블랑제는 농부를 먼저 내보내고 엠마를 유심히 바라보았다. 그는 치료비 조로 3프랑을 내놓은 다음 대충 인사를 하는 둥 마는 둥 병원을 떠났다.

그는 곧 시냇물을 건너갔다. 라위세트로 가려면 시냇물을 건

너야만 했다. 엠마는 저 멀리 목장 길을 따라가는 그의 모습을 바라보았다. 멀리서 보기에도 뭔가 깊은 생각에 잠겨 있는 것 같았다.

그렇다. 그는 생각에 잠겨 있었다. 그는 엠마 생각을 하고 있었던 것이다.

'음, 썩 괜찮은 여자야. 이도 예쁘고 까만 눈도 매력적이야. 발도 앙증맞고 몸매도 꼭 파리 여자 같아. 그런데 그 뚱뚱한 놈이 대체 어디서 저런 여자를 구해온 걸까?'

로돌프 블랑제 씨는 서른네 살이었다. 성질은 거칠었지만 머리 회전은 빨랐다. 여성 편력이 화려해서 여자에 대해서도 잘 알았다. 그에게 의사의 부인은 아주 예쁘게 보였다. 그는 계속 생각했다.

'그자는 분명 바보 같은 놈일 거야. 분명히 그 여자도 그자에게 싫증이 났을 것이고. 손톱은 얼마나 더럽고 게다가 그 덥수룩한 수염이라니. 그자가 환자를 돌보는 동안 그 여자는 양말이나 깁고 있겠지. 도회지에서 살면서 매일 밤 폴카를 추지 못해 몸이 근질근질할 여자가! 가엾은 여자! 도마 위의 잉어가 물을 그리워하듯 사랑에 갈증이 나 있을 거야. 서너 마디 달콤한 말만 해주면 홀딱 넘어올 거야. 그런 다음 어떻게 떼버릴 것인

지만 잘 궁리하면 되지.'

그에게는 조금 전에 본 엠마의 모습이 눈에 어른거렸다. 그는 그녀의 옷을 하나씩 하나씩 벗겨보았다.

"좋아, 내 걸로 만들고 말겠어"라고 그는 지팡이로 눈앞의 흙더미를 내리치면서 큰 소리로 외쳤다.

그는 아르괴유 언덕 꼭대기에 이르자 결심했다.

'그래, 적당한 기회를 잡아야 해. 가끔 지나가다 들르면서 사냥해서 잡은 짐승도 보내고, 닭도 보내면서 낯을 익혀야지. 그렇게 해서 친해지면 우리 집에 초대도 하고……. 아, 참, 좀 있으면 농업공진회가 열리지! 그 여자도 올 테니 거기서 만나면 되겠군. 거기서 시작하는 거야. 대담하게 하는 거야. 그게 제일 확실한 방법이니까.'

제5장

　드디어 농업공진회 날이 되었다. 이른 아침부터 사람들은 문 앞에 나와서 들뜬 모습으로 이야기를 주고받았다. 면사무소 정면에는 담쟁이덩굴이 레이스처럼 주렁주렁 장식되어 있었고 목초지 한 쪽에는 연회용 텐트가 쳐져 있었다. 그리고 성당 앞 광장 한복판에는 구식 대포가 놓여 있었다. 도지사가 도착할 때와 농부들이 표창을 받을 때마다 축포를 쏘아 올리기 위해서였다.

　뷔시에서 온 국민군이 비네가 지휘하는 소방대와 합류했다. 비네와 국민군 대장은 각자의 위용을 자랑이라도 하듯 자신의 부대들을 각자 지휘했다. 그들은 이 행사를 한층 화려하게 만들었다.

시간이 흐르자 마을 사람들이 마을 양쪽 끝으로부터 큰 길로 몰려들었다. 이어서 이 골목 저 골목, 이 집 저 집으로부터 사람들이 쏟아져 나왔다. 그런데 사람들 무리 중에 로돌프 블랑제의 팔짱을 낀 엠마 보바리도 있었다. 엠마는 로돌프의 예상대로 공진회 구경을 위해 밖으로 나온 것이고 그녀의 집 근처에 있던 그가 그녀에게 다가가 동행하기를 청한 것이다. 엠마는 기꺼이 로돌프의 청에 응했다. 샤를은 몸이 불편하다며 그냥 집에 있었다.

대장간 앞까지 오자 로돌프는 큰 길 옆에 나 있는 오솔길로 보바리 부인을 이끌었다. 풀밭에는 데이지 몇 송이가 피어 있었다.

로돌프가 말했다.

"데이지 꽃이 예쁘네요. 이 정도면 사랑에 빠진 이곳 여자들 모두에게 점을 쳐줄 수 있겠는데요. 어때요? 몇 송이 꺾어 갈까요?"

그러자 엠마가 되물었다.

"선생님은 사랑하는 사람이 있으세요?"

"음, 글쎄요"라며 로돌프는 긍정도 부정도 하지 않았다.

사람들이 목장으로 몰려들기 시작했다. 그곳이 바로 심사장이었고 농부들은 심사를 지켜보기 위해 그곳으로 모여든 것이다. 돼지, 송아지, 암소, 말, 닭 등 모든 동물들이 모두 그곳에 모여 있었다. 드디어 심사가 시작되고 심사 위원들이 두 줄로 늘어선 동물들 사이를 천천히 걸어 나가기 시작했다. 그들은 동물들을 볼 때마다 작은 소리로 의논을 했고 심사 위원장으로 보이는 사람이 노트에 무언가를 기록했다.

로돌프는 헌병에게 파란 통행권을 내보인 후 엠마와 함께 마음 놓고 심사장을 돌아다녔다. 어떤 때는 멋진 출품작 앞에 멈춰 서서 동물을 감상하기도 했다. 그러나 엠마는 동물에 대해서는 아무런 흥미도 느끼지 않았다. 그러자 로돌프는 재빨리 화제를 여인들의 옷차림으로 돌렸다. 그는 시골 여인들의 옷차림을 흉본 후 말했다.

"사실, 이런 데 살다보면 공들여 보았자 헛수고지요. 제대로 된 옷맵시를 알아볼 사람도 없으니까요."

그러자 둘은 죽이 맞아 숨이 막힐 것처럼 답답한 시골 생활, 그런 생활 속에서 사라져갈 수밖에 없는 꿈에 대해 이야기했다.

로돌프가 말했다.

"그래서 저는 자주 슬픔에 잠기게 된답니다."

"아니, 선생님께서요? 저는 선생님은 늘 즐거우실 거라고 생각했는데요.”

“겉보기에만 그렇지요. 사람들 앞에서는 냉소적인 가면을 쓸 줄 아니까요. 하지만 저는 달빛에 잠겨 있는 무덤을 보면서, 차라리 저렇게 잠자고 있는 사람들과 함께라면 좋겠다고 느끼는 적이 많습니다.”

“그러면 선생님 친구들은요? 친구들 생각은 안 하시는가 보지요?”

“친구요? 저 같은 사람에게 친구가 어디 있습니까? 누가 저 같은 사람에 대해 아랑곳하기나 하나요?”

그 말을 하면서 그는 입술 사이로 휘파람 소리 비슷한 소리를 냈다. 보바리 부인이 무슨 생각에라도 잠긴 듯 가만히 있자 그가 혼잣말처럼 중얼거렸다.

“그래요, 내게는 없는 게 너무 많았습니다. 아, 나는 언제나 혼자였습니다. 아, 내 인생에 진정한 목적이 있었다면……, 사랑이 있었다면……, 사랑하는 사람을 만날 수 있었다면……. 아, 그랬다면 내 모든 열정을 다 쏟아 부었을 텐데……. 모든 것을 다 뛰어넘고 모든 것을 다 부술 수 있었을 텐데…….”

그가 그 말을 했을 때 대포 소리가 울렸다. 도지사의 도착을 알리는 대포 소리였다. 사람들은 우르르 마을 쪽으로 달려갔다.

하지만 도지사는 오지 않았다. 도참사관이 마차에서 내리며 지사님은 사정이 있어서 오지 못하게 되었다며 그를 맞이한 면장에게 사과했다. 이윽고 광장에 마련된 연단으로 참사관이 올라갔고 광장은 사람들로 가득 찼다.

로돌프는 보바리 부인을 면사무소 2층 회의실로 데리고 가면서 안에 아무도 없으니 둘이 마음 놓고 구경할 수 있을 것이라고 말했다. 그는 의자 두 개를 들어 창가로 옮겨 놓았고 두 사람은 나란히 앉았다.

드디어 참사관이 자리에서 일어나더니 준비해 온 연설문을 읽기 시작했다. 참사관의 연설이 방해가 되긴 했지만 로돌프와 엠마는 마주 앉아 이야기를 나누었다.

로돌프가 말했다.

"저는 창가에서 조금 떨어져 있는 게 좋겠습니다. 밑에서 저를 알아볼지도 모르니까요. 그랬다가는 온갖 변명을 다 늘어놓으며 다녀야 할 겁니다. 저는 평판이 나쁘기 때문에……."

엠마가 깜짝 놀란 표정을 지었다.

"아니, 선생님의 평판이 나쁘다니요?"

"부인, 어쩌면 사람들 생각이 맞을지 모릅니다. 부인도 아시지요? 이 세상에는 끊임없이 번민하는 영혼이 있다는 것을. 그들에게는 행동뿐 아니라 꿈이 필요합니다. 가장 격렬한 쾌락과 가장 순결한 정열이 모두 필요합니다. 그래서 그들은 온갖 환상과 변덕과 광기 속으로 뛰어들게 되는 거지요."

그녀는 자신이 알지 못할 기이한 곳을 돌아다닌 나그네를 바라보듯 그를 바라보았다. 잠시 후 그녀가 말했다.

"우리 불쌍한 여자들은 살면서 그런 위안거리를 찾을 수도 없어요."

"하지만 그런 위안도 결국은 슬픈 위안일 뿐입니다. 거기서 진정한 행복을 찾을 수는 없으니까요."

"진정한 행복이 과연 존재하는 것일까요?"

"그럼요. 언젠가는 만나게 될 겁니다."

그들이 대화를 나누는 사이에도 도참사관은 농민들을 찬양하는 연설을 계속하고 있었다.

로돌프가 말을 계속했다.

"그래요, 언젠가는! 단념하려던 바로 그 순간 갑자기! 그때 지평선이 열리며 '바로 여기야!'라고 외치는 소리를 듣게 될 겁니다. 그때 당신은 모든 것을 그것에 맡기고 그 행복을 위해 모든 것을 희생하고 싶어질 겁니다. 아무런 설명도 필요 없이 서로 그냥 알게 됩니다. 꿈속에서 만난 적이 있으니까요."

그 말을 하면서 그는 잠시 그녀를 바라보았다. 그러더니 다시 입을 열었다.

"마침내 그것이 그곳에 있습니다. 그토록 찾아 헤매던 보물이 여기 바로 당신 앞에 있습니다. 바로 당신 앞에서 눈부시게 빛나며 번쩍이고 있습니다. 그런데도 여전히 의심하고 있습니다. 여전히 믿지 못하고 있습니다. 어둠 속에서 갑자기 밝은 곳으로 나가듯 눈이 부시기 때문입니다."

말을 마친 후 그는 마치 현기증이라도 느낀 것처럼 얼굴에 손을 갖다 댔다. 그런 후 자기의 손을 엠마의 손 위에 올려놓았다. 엠마는 손을 뒤로 잡아 뺐다.

그사이에도 참사관은 연설문을 계속 낭독하고 있었고 광장은 물론 근처 민가에 이르기까지, 몰려든 사람들로 입추의 여지가 없었다. 로돌프는 엠마 곁으로 바싹 다가앉아 낮은 목소리로 속삭이듯 말했다.

"당신은 이 세상의 음모에 대해 분노를 느끼지 않나요? 그어떤 감정 단 한 가지도 받아들이지 않는 이 세상의 음모에 대해서! 가장 고결한 본능이, 가장 순결한 공감들이 모두 박해를 받습니다. 두 가엾은 영혼이 간신히 만나게 되더라도 그 영혼이 결합하는 건 불가능합니다. 그럼에도 불구하고 두 영혼은 포기하지 않습니다. 날개를 퍼덕이며 서로를 부릅니다. 오, 하지만 상관없습니다. 6개월 후가 되었건 10년 후가 되었건 두 영혼은 다시 만나 사랑을 이루고야 말 것입니다. 그것이 그들의 운명이고 그들은 서로를 위해 태어났기 때문입니다.”

그는 두 팔을 교차시켜 무릎 위에 올려놓은 채 그녀를 뚫어지게 바라보았다. 엠마도 그의 눈을 바라보았다. 그의 까만 눈동자 주변에 작은 황금빛 햇살 같은 것이 빛나고 있는 것 같았다. 그의 윤이 나는 머리칼에서는 포마드 냄새가 났다.

온몸이 나른해지면서 그녀에게 보비에사르에서 함께 왈츠를 추었던 자작이 떠올랐다. 그의 수염에서도 지금처럼 바닐라와 레몬 향기가 났었다. 그와 동시에 그녀의 귀에 낡은 합승마차 ‘제비’의 바퀴 소리가 들려왔다. 레옹은 그 마차와 함께 그녀에게 왔다가 그 마차를 타고 그녀 곁을 떠나갔다. 영원히!

마치 창문 앞에 그의 모습이 보이는 것 같았다. 그러더니 모든 것이 한데 뒤섞여 구름처럼 흩어졌다. 그녀는 아직 샹들리에 불빛 아래 자작의 팔에 안겨 왈츠를 추는 것 같았고 레옹이 가까운 곳에 있는 것 같았고 그가 곧 달려올 것만 같았다. 그러나 그녀는 지금……, 바로 곁에 있는 로돌프의 머리 냄새를 맡고 있었다.

제2부

그녀는 장갑을 벗어 손을 닦았다. 그리고 손수건으로 얼굴에 부채질을 했다. 관자놀이에서 맥박이 쿵쿵 뛰는 것을 느낄 수 있었다.

로돌프는 이야기를 거기에서 그치지 않았다. 그는 보바리 부인에게 꿈에 대해, 예감에 대해 이야기했다. 그러면서 그는 그녀의 손을 잡았다. 그녀는 더 이상 손을 뒤로 빼지 않았다.

밖에서는 참사관의 연설이 끝나고 시상식이 거행되고 있었다. 심사위원장이 분야별로 우수상을 발표하는 동안에도 면사무소 사무실 안에서의 사랑의 유희는 계속되고 있었다.

로돌프는 그녀의 손을 잡은 자기 손에 힘을 주었다. 그녀의 두 손은 파르르 떨리고 있었다. 그녀의 손가락이 움직였다. 빠져나가기 위해서 그러는 것인지 그에게 호응하는 것인지 불분명했다. 그러자 로돌프가 소리쳤다.

"아, 고맙습니다. 저를 거절하지 않으시는군요. 당신은 착한 분입니다. 제가 당신 것이라는 것을 알아주시는군요. 제가 당신을 마음껏 바라볼 수 있도록 해주십시오."

그런 후 둘 다 말이 없었다. 두 사람은 서로 얼굴을 바라보았다. 욕망이 극에 달해 그들의 마른 입술이 바르르 떨렸다. 두 사람의 손가락은 이제 자연스럽게 얽혀 있었다.

그사이에도 밖에서는 여전히 부문별 수상자를 부르는 소리가 들려왔다. 그리고 얼마 후 식이 끝났다. 식이 끝나자 군중들은 흩어졌으며 국민군은 총검에 빵을 꽂은 채 면사무소 2층으로 올라갔고 포도주병 바구니를 든 고수(鼓手)가 그 뒤를 따랐다. 보바리 부인은 로돌프의 팔짱을 꼈고 그는 그녀를 집까지 데려다주었다. 그들은 그녀의 집 문 앞에서 헤어졌다.

그렇게 농업공진회는 끝이 났고 이틀 후 「루앙의 등불」지에 농업공진회에 대한 기사가 크게 실렸다. 오메가 다음 날로 단숨에 써 보낸 기사였다.

제6장

6주가 지나도록 로돌프는 나타나지 않았다. 모든 것이 그의 계산에 의해서였다. 만일 첫날의 그의 작전이 성공했다면 너무 빨리 나타나지 않아야 그녀가 더 안달나게 되리라고 그는 생각했다.

그가 6주 만에 나타나 엠마의 거실로 들어가는 순간 그녀의 얼굴이 창백해지는 것을 보고 그는 자기 계산이 들어맞았다는 것을 알 수 있었다.

그녀는 홀로 있었다. 날을 저물어 가고 있었다. 창문에 드리워져 있는 모슬린 커튼 때문에 저녁노을이 한층 더 짙어 보였다.

방으로 들어가서 가벼운 인사 후 로돌프는 아무 말 없이 서 있었고 엠마는 그의 인사에 겨우 응대했을 뿐이었다.

잠시 후 그가 입을 열었다.

"몸이 좀 아팠습니다."

"많이 편찮으셨나요?"

그는 의자에 앉으며 대답했다.

"예. 아닙니다! 사실은…… 다시는 이곳에 오지 않으려고 했습니다."

"왜요?"

"왜 그랬는지 모르시겠습니까?"

그는 빤히 그녀의 얼굴을 바라보았고 그녀는 뺨을 붉혔다.

그가 다시 입을 열었다.

"엠마……."

그러자 그녀가 그의 말을 막으며 말했다.

"선생님!"

"그것 보십시오. 제가 오지 않으려던 게 당연하지요. 내 마음을 가득 채우고 있던 그 이름, 나도 모르게 내 입에서 튀어나온 그 이름, 엠마라는 이름을 당신이 못 부르게 하니까요. 보바리 부인…… 누구나 당신을 그렇게 부르지요. 하지만 그건 당신 이름이 아닙니다. 그건 다른 사람의 이름입니다."

그는 되풀이 말했다.

"그래요. 그건 다른 사람의 이름이지요."

그는 두 손으로 얼굴을 가렸다.

"그래요. 저는 오로지 당신 생각만 하고 있었어요. 당신 생각만 해도 절망에 빠질 것 같아요! 아, 정말 미안합니다……. 저는, 저는, 이만 가보겠습니다……. 안녕히 계십시오. 아주 멀리 가버리겠습니다. 당신이 내 소식을 듣지 못할 아주 먼 곳으로……. 그런데 오늘, 대체 무슨 힘이 나를 당신 곁으로 오게 한 걸까요? 하늘을 거역할 수 없고 천사의 미소를 외면할 수 없어서였을까요? 오오, 아름답고 매력적인 것의 유혹에는 저항할 수가 없게 되어 있나 봅니다."

엠마로서는 난생 처음 듣는 말이었다. 그녀의 자존심은 그의 말의 열기에 취해서 마치 한증막에서 땀을 흘리고 있는 사람처럼 축 늘어져버렸다.

그는 결정타를 가하듯이 말을 계속했다.

"그동안 이곳에 오지 못했고 당신을 보지 못했지만 저는 당신 주변을 결코 떠난 적이 없습니다. 밤이면 언제나 이곳까지 와서 당신의 집을 바라보았습니다. 달빛을 받고 있는 지붕을, 당신 창가에서 흔들리는 나무들을 바라보았습니다. 어둠 속에 창문이 보이고 그 안에 자그마한 램프가 켜져 있었습니다. 그런데도 당신은 아무것도 몰랐지요. 그렇게 가깝고도 먼 곳에 한 가련한 사나이가 서 있다는 것을!"

마침내 그녀는 흐느껴 울면서 그에게 말했다.

"아, 당신은, 당신은 정말 좋은 분이에요."

"아닙니다. 나는 그저 당신을 사랑하고 있을 뿐입니다. 오로지 그것뿐입니다. 그런데도 당신은, 당신은……."

로돌프는 어느샌가 의자에서 마룻바닥으로 미끄러지듯 내려와 있었다. 그때였다. 부엌 쪽에서 나막신 소리가 들렸다. 그 소리를 듣자 로돌프는 얼른 일어서면서 전혀 다른 톤으로 말했다.

"부인, 제 소원을 좀 들어주시겠습니까?"

그는 갑자기, 집 구경을 하는 게 자기 소원이라고 말했다. 그러자 엠마도 자리에서 일어났다. 바로 그 순간 샤를이 방 안으로 들어섰다.

"안녕하세요, 박사님" 하고 로돌프가 샤를에게 인사했다.

샤를은 생전 처음 들어보는 박사님이라는 호칭에 기분이 좋았다. 샤를이 장황하게 인사말을 늘어놓자 그사이 로돌프는 완전히 정신을 수습하고 점잖게 말했다.

"사모님의 건강에 대해 이야기를 나누던 중이었습니다. 제 생각에는 승마를 하시면 도움이 되지 않을까 싶은데……."

그의 말이 끝나기도 전에 샤를이 거의 외치다시피 말했다.

"그것 참 좋은 생각이로군요. 여보, 어때. 당신 말도 잘 타지 않았소?"

그녀가 승마용 말이 없어서 안 된다고 하자 로돌프가 자신이 말을 제공하겠다고 했다. 마음씨 좋은 샤를은 그다음 날로 그녀의 승마복을 주문했고 옷이 완성되자 로돌프에게 아내가 승마를 할 준비가 되었다고 연락했다.

다음 날 정오에 로돌프는 말 두 필을 끌고 샤를의 집으로 왔다. 그중 한 마리는 귀에 장밋빛 술을 달고 있었으며 사슴 가죽으로 만든 안장이 얹혀 있었다. 로돌프는 길고 홀쭉한 장화를 신고 있었다. 그는 그 장화를 신으면서 엠마가 이런 건 보지 못했을 것이라고 생각했다. 실제로 엠마는 그가 벨벳 저고리와 니트 바지를 입고 나타나자 정말 멋지다고 반해버렸다. 엠마도 만반의 준비를 하고 기다리고 있었다.

쥐스탱은 그녀의 모습을 보기 위해 약국에서 빠져나왔고 오메도 일손을 놓고 서 있었다. 그녀는 위에서 무슨 소리가 나서 고개를 들었다. 펠리시테가 베르트를 달래기 위해 창문을 두드리고 있었다. 아기가 그녀에게 입맞춤을 보냈고 어머니는 채찍

손잡이를 들어 화답했다.

로돌프와 엠마는 나란히 말을 몰고 출발했다. 흙냄새를 맡자 엠마의 말이 달리기 시작했다. 로돌프의 말도 나란히 달렸다. 두 사람은 가끔 몇 마디 말을 주고받았다.

언덕 위에서 말이 멈추었다. 때는 10월 초였고 저 아래 들판에 안개가 자욱했다. 가끔 안개구름 사이로 햇살이 비치면 저 아래 멀리 용빌의 지붕, 하천가의 뜰과 마당, 담장, 성당의 종탑들이 보였다. 엠마에게는 자기가 살고 있는 곳이 그토록 작아 보인 적이 없었다.

로돌프와 엠마는 숲 가장자리를 따라갔다. 그들이 숲속에 들어가자마자 해가 나타났다.

"하느님이 우리를 지켜주시는군요" 하고 로돌프가 말했다.

"그렇게 생각하세요?"라고 그녀가 대답했다.

길가의 양치식물들이 가끔 엠마의 말등자에 얽혔다. 그러면 로돌프는 말을 멈추지 않은 채 허리를 굽혀 그것들을 떼어주었다. 때로는 그녀 앞에서 걸리적거리는 나뭇가지들을 헤치기 위해 그녀 옆으로 다가오기도 했다. 그럴 때면 엠마는 그의 무릎이 자기 다리에 닿는 것을 느꼈다. 하늘은 새파랗게 개어 있었고 나뭇잎은 미동도 하지 않았다. 넓은 공터에서 히스 관목들이 만발한 꽃을 자랑하고 있었고 제비꽃들이 마치 책상보처럼 펼쳐져 있었다. 때때로 관목 사이로 작은 새들의 날갯짓이 들려왔고 떡갈나무 숲에서 까마귀 울음소리도 들렸다.

두 사람은 말에서 내렸다. 로돌프가 앞장서서 걸었고 엠마는 부지런히 뒤를 따랐다. 이윽고 약간 널찍한 공터에 이르자 두 사람은 쓰러진 나무 기둥에 나란히 앉았다.

로돌프는 전과 달리 그녀에게 찬사를 늘어놓지 않았다. 그녀가 경계심을 갖지 않게 하기 위해서였다. 다만 조용히 진지하고 우울한 표정을 지을 뿐이었다. 엠마는 고개를 숙인 채 땅 위에 널려 있는 나무 조각들을 발끝으로 건드리고 있었다.

이윽고 그가 말했다.

"이제 우리들의 운명은 하나가 되었군요."

그러자 그녀가, "아니에요. 그건, 그건…… 당신도 잘 아시잖아요. 그건 안 돼요"라고 말하며 자리에서 일어나며 가려고 했다. 로돌프도 자리에서 일어났다. 그는 야릇한 미소를 지으며 그녀에게 다가왔다. 그녀는 부들부들 떨면서 뒤로 물러났다. 그리고 더듬거리며 말했다.

"아, 무서워요! 너무 겁이 나요. 우리 돌아가요."

"그렇다면 할 수 없군요."

그 말을 하는 그의 안색은 변해 있었다.

　그녀가 그에게 팔을 맡겼고 두 사람은 말을 향해 되돌아섰다. 로돌프가 다시 부드러운 어조로 그녀에게 말했다.

　"대체 무슨 일이시지요? 정말 알 수가 없습니다. 당신은 저를 오해하신 모양입니다. 당신은 성모 마리아처럼 제 마음속 거룩하고 순결한 존재입니다. 하지만 제가 살기 위해서는 당신이 필요합니다. 제게는 당신의 눈, 당신의 목소리, 당신의 생각이 필요합니다. 저의 누이, 저의 천사가 되어주십시오."

　그 말을 하면서 그는 엠마의 허리를 감았다. 그녀는 빠져나가려고 잠깐 꿈틀했을 뿐이었다. 그는 여전히 그녀의 허리를 팔로 감은 채 걸으며 그녀에게 말했다.

　"아, 제발 돌아가지 말아요. 여기 조금만 더 있어줘요."

　그녀는 아무 말도 하지 않았다. 그는 그곳에서 조금 멀리 떨어진 작은 연못가로 그녀를 데리고 갔다. 그들의 발소리에 개구리들이 연못으로 뛰어들었다.

　그녀가 말했다.

　"아아, 제가 잘못한 거예요. 당신 말을 듣고 정신이 이상해진 거예요."

　"도대체 뭘……? 엠마! 엠마!"

"오, 로돌프!"

그녀의 옷이 그의 벨벳 저고리에 바짝 달라붙어 있었다. 뒤로 젖힌 그녀의 하얀 목덜미가 한숨으로 부풀어 올랐다. 그녀는 정신이 아득해진 채 한껏 몸을 떨었다. 그녀는 눈물에 젖은 얼굴을 두 손으로 가리며 그에게 몸을 내맡겼다.

저녁 그늘이 내리고 있었고 여기저기 사위어가는 빛의 조각들이 점점이 떨고 있었다. 주위는 고요했다. 그녀는 자신의 심장이 새롭게 다시 뛰는 것만 같았다. 마치 젖이 흐르듯 피가 몸속을 돌아다니는 것 같았다. 그때 그녀에게 숲 속 저편에서 뭔지 알 수 없는 기나긴 부르짖음 소리가 들렸다. 로돌프는 입에 여송연을 문 채 주머니칼로 부러진 고삐를 손질하고 있었다.

집으로 돌아온 그녀는 자기 방에 틀어박혔다. 처음에는 그저 멍한 기분이었다. 그녀 눈앞에 나무와 길과 도랑, 그리고 로돌프의 모습이 어른거렸다. 아직도 그의 가슴에 안겨 있는 것 같은 기분이었다. 주위의 나뭇잎이 바스락거리고 풀들이 사각거리는 소리가 들리는 것 같았다.

그녀는 거울 앞으로 갔다. 그녀는 거울에 비친 자신의 모습을 보고 깜짝 놀랐다. 자기 눈이 이처럼 까맣고 컸던 적이 있었

던가! 미묘한 그 무엇이 그녀의 몸 전체에 번져, 그녀를 변화시
킨 것이다.

그녀는 나지막이 되풀이했다.

"그래, 내게 애인이 생겼어. 사랑하는 사람이!"

그녀는 마치 제2의 사춘기를 맞이한 것처럼 기쁨에 들떠 그
말을 되풀이했다. 그녀는 이제 처음으로 사랑의 기쁨을 느낄
수 있게 된 것이다. 결코 오지 않으리라고 체념했던 행복이 찾
아온 것이다. 모든 것이 정열적인 세계, 도취만이 그득한 황홀
한 세계로 들어서게 된 것이다. 푸른빛의 무한한 공간이 그녀
를 둘러싸고 있었으며, 그녀의 상념 속에서 그녀의 감정들은
산봉우리들처럼 최고조의 절정에 달해 있었다. 그리고 평범한
일상들은 그 산봉우리들 사이 어두운 곳 저 멀리 까마득하게
보일락 말락 할 뿐이었다.

그러자 그녀에게는 옛날에 그녀가 읽은 소설의 여주인공들
이 생각났다. 불륜에 빠졌던 소설 속 여주인공들이 일제히 그
녀의 기억 속에서 노래를 시작했다. 그녀는 그 노래에 매료되
었고 그녀 자신이 소설 속 여주인공이 되어 함께 노래를 불렀
다. 그녀 자신이 상상 속 세계의 일부가 되었고, 드디어 젊은 시
절의 꿈이 실현된 것 같았다. 그녀는 그동안 그녀가 받았던 고

통이 이제야 보상받은 것이라고 생각했다. 그녀는 아무런 양심의 가책도, 불안도, 고민도 없이 그 모든 것을 맛보았다.

다음 날 숲속 나막신 만드는 사람의 오두막에서 사랑을 나누면서 둘은 모두 감미로움에 빠져 있었다. 그들은 수많은 맹세를 주고받았다. 그날부터 두 사람은 밤마다 편지를 썼으며 엠마는 냇가의 돌담 끝에 편지를 끼워놓았다. 로돌프가 그 편지를 가져가고 자신의 편지를 꽂아놓곤 했는데 엠마는 그의 편지가 너무 짧다고 그에게 불평을 하곤 했다.

어느 날 아침 샤를이 꼭두새벽부터 일을 보러 외출하자 엠마는 로돌프를 당장 보고 싶어 견딜 수 없었다. 라위세트까지는 가까우니 거기서 한 시간 정도 지내다 오면 용빌 사람들은 아직 잠에 취해 있을 것이었다. 일단 그 생각이 들자 그녀는 욕정으로 숨이 가빠졌다. 그녀는 용감하게 자신의 생각을 실행으로 옮겼고 로돌프는 새벽에 찾아온 그녀를 보고 놀랐지만 "사랑해요!"라며 품으로 뛰어드는 그녀를 순순히 받아들였다.

최초의 대담한 행동이 성공을 거두자 그녀는 샤를이 새벽에 외출할 때마다 재빨리 옷을 입고 강 쪽을 향한 돌계단을 살금살금 내려갔다. 둘이 만나 사랑을 나눈 후, 헤어지는 데만도 족히 10분 이상 걸렸고, 엠마는 그때마다 울음을 터뜨렸다. 로돌프 곁을 결코 떠나고 싶지 않았던 것이다. 무언가 알 수 없는 강력한 힘이 그녀를 그에게 떠다미는 것 같았다.

그러던 어느 날이었다. 그날도 그녀가 느닷없이 아침에 로돌프의 집에 나타나자 그가 눈살을 찌푸렸다.

"왜 그래요? 어디 아파요? 뭐라 말 좀 해봐요!" 하고 그녀가 말했다.

그러자 그가 심각한 표정으로, 이렇게 찾아오는 건 무모한 짓이며, 그녀를 위험에 처하게 만들지도 모른다고 말했다.

제7장

로돌프의 염려는 곧 엠마에게로 옮아갔다. 처음 한동안 그녀는 사랑에 취해 다른 아무것도 생각하지도 않았고 보이지도 않았다. 그런 후 차츰 그 사랑을 잃을까봐 두려워지기 시작했다. 그녀는 집으로 돌아가는 도중 보는 사람은 없는지 주변을 두리번거리기 시작했고 주변에서 들리는 모든 소리에 귀를 기울였다.

로돌프는 한밤중이면 일주일에 서너 번 엠마의 집으로 왔다. 그러면 엠마는 샤를이 잠들기를 기다린 후 속옷 차림으로 밖으로 나갔다. 로돌프는 걸치고 있던 큰 망토로 엠마를 감싸 안고는 한 마디 말도 없이 그녀를 정원 구석으로 데리고 갔다. 그곳은 지난날 레옹이 사랑이 담뿍 담긴 눈길로 그녀를 바라보던 바로 그곳이었다. 하지만 그녀는 이제 레옹 생각을 조금도 하지 않았다. 추위 때문에 두 사람은 더욱 세게 껴안았다. 나지막하게 주고받는 두 사람의 속삭임은 마치 수정처럼 맑게 두 사람의 넋 위에 내려앉았고 이어서 무수한 진동을 울리며 두 사람 안으로 퍼져나갔다.

비가 오는 날이면 두 사람은 헛간과 마구간 사이에 있는 진찰실을 밀회 장소로 사용했다. 이제 그녀는 아주 적극적이 되었다. 게다가 감상적이 되었다. 조그만 초상화를 서로 교환해야 했고 머리털도 한 움큼 잘라 간직했다. 그녀는 영원한 결합의 징표로 반지를 요구하기도 했다. 심지어 그녀는 "저 위에서 어머니 두 분이 우리의 사랑에 힘을 주고 계실 거예요"라고 말하기도 했다. 로돌프의 어머니도 12년 전에 돌아가셨던 것이다.

어쨌든 간에 엠마는 정말 아름다웠다. 로돌프는 이렇게 순진한 여자를 가져본 적이 없었다. 이처럼 방탕과는 거리가 먼 사랑을 그는 맛본 적이 없었다. 그녀와의 사랑은 그의 자존심과 관능을 동시에 충족시켰다. 그의 부르주아적 양식에 비추어볼 때 엠마가 이렇게 열광하는 모습은 우스꽝스럽기 그지없었지만 그 대상이 바로 자기 자신이었기에 그는 내심 그 모습을 즐기고 있었다.

자신이 그토록 열렬히 사랑받고 있다는 것을 확신하게 되자 엠마에 대한 그의 태도가 바뀌기 시작했다. 그녀의 심금을 울리는 감미로운 이야기도 하지 않게 되었고 그녀를 미치게 만들던 열렬한 애무도 하지 않게 되었다. 그렇다. 그녀가 그 안에 빠져들어 허우적거리던 그들의 위대한 사랑은 마치 강물이 강바닥에 흡수되어가는 것처럼 점점 얕아지더니 결국 그녀 발아래로 진흙이 모습을 드러내기 시작했다. 그녀는 그 사실을 믿을 수 없었고 믿으려 하지 않았다. 그래서 그녀는 배 이상의 사랑을 쏟았고 로돌프는 노골적으로 무관심을 드러내기 시작했다.

엠마는 그에게 몸을 맡겨버린 것을 자신이 후회하고 있는 것인지, 아니면 반대로 그를 더욱 사랑하고 싶어 하는 것인지 스스로 분간할 수 없었다. 그는 그녀를 마음대로 지배했고, 육체적 쾌락도 그에 한몫을 했다.

하지만 로돌프가 둘의 불륜 관계를 혼자 좌지우지하고 있었기에 겉보기에 둘의 관계는 평온을 유지할 수 있었다. 6개월이 지나 봄이 다시 왔을 때 두 사람의 관계는 마치 편안한 가정을 꾸려나가는 부부와도 같았다.

그러던 어느 날 그녀는 아버지 루오 영감이 딸과 사위에게 보낸 정겨운 편지를 받았다. 편지를 다 읽고 나자 아버지와 함께 난롯가에 앉아 있던 아득한 옛날이 생각났다. 그 행복했던 시절! 얼마나 자유로웠고 얼마나 희망에 부풀어 있었으며 얼마나 풍요로운 상상의 나래를 펼쳤던가! 그런데 지금은 아무것도 남아 있지 않았다. 처녀 시절과 결혼, 그리고 연애를 거치면서 그녀는 마치 길거리 여인숙에 돈을 주고 떠나는 나그네처럼 인생길에 그것들을 다 뿌려버렸다.

대체 그 모든 것을 다 잃고 자신을 이렇게 불행하게 만든 것은 누구인가? 그녀의 삶을 온통 뒤집어 놓은 이 엄청난 재앙은 도대체 어디에서 온 것인가? 그녀는 마치 그 고통의 원인을 찾듯이 고개를 들어 주위를 둘러보았다.

엠마의 마음속에 후회가 싹튼 것은 바로 그때였다. 그때 그녀에게는 '내가 왜 그토록 샤를을 싫어하지? 그를 사랑하려고 노력하는 게 낫지 않을까?' 하는 생각까지 들었다.

그녀는 노력을 했다. 환자를 함께 돌보기도 했으며 그를 어떻게 하면 명성이 자자한 훌륭한 의사로 만들 수 있을까 고민도 했다. 하지만 그것도 잠깐이었다. 아무리 노력을 해도 샤를은 자신의 그 노력조차도 느끼지 못하고 이해하지 못하는 것 같았다. 그럴수록 남편이 가증스러웠다. 그의 얼굴, 그가 입고 있는 옷, 그라는 존재 자체가 싫었다. 그라는 존재 자체가 자신

과 어울리지 않았으며 그와 결혼했다는 사실 자체가 자신의 자
존심을 손상한 것처럼 생각되었다. 그러자 그를 위하여 지난날
정조를 지키려고 그토록 애쓰던 자신이 마치 범죄자였던 것처
럼 여겨지기도 했다. 그리고 그나마 남아 있던 정절에 대한 관
념마저 말끔히 사라져버렸다. 불륜을 저지르고 있다는 죄의식
이 사라져버린 것이다. 그와 함께 애인의 매력이 새롭게 되살
아났다. 그녀는 그 환상적인 매력을 향해 돌진했다.

　그들은 다시 사랑하기 시작했다. 그를 만나면 그녀는 따분해
서 죽겠다, 남편이 싫다, 사는 것조차 지긋지긋하다고 푸념을
늘어놓기 시작했다.
　어느 날 그가 참지 못하고 버럭 소리를 질렀다.
　"그래, 날더러 도대체 어쩌란 말이오!"
　그녀는 땅바닥에 머리를 풀어헤친 채 주저앉아 멍하니 앞을
바라보고 있었다.
　"아아, 당신이 결심만 해준다면……."
　"무슨 결심 말이오?"
　"어디 딴 데로 가서 같이 살아요……. 어디건 둘이 같이……."
　그는 웃으며 말했다.

"무슨 말도 안 되는 소리를……. 그게 어디 될 법한 소리요?"

엠마가 다시 그 이야기를 꺼내자 그는 못들은 척 말머리를 돌려버렸다. 하잘것없는 연애를 하면서 그녀가 왜 그렇게 안간힘을 다하는지 그는 도무지 이해할 수가 없었다. 하지만 그녀에게는 그럴 만한 이유가 있었다.

남편에 대한 혐오감이 커지면 커질수록 그녀가 지금 그와 나누고 있는 사랑은 그녀에게 더욱더 소중해져갔다. 그리고 이 사랑에 몰두하면 할수록 남편을 향한 혐오감은 더 커졌다. 로돌프와 밀회를 나눈 후 남편과 함께 있을 때면 샤를이 그 어느 때보다도 불쾌하게 여겨졌다. 가뜩이나 뭉툭한 손가락은 더 뭉툭해 보였으며 생긴 것도 한껏 우둔해 보였고 하는 짓이란 짓은 모두 더없이 천박하게 여겨졌다. 겉으로는 정숙한 아내 노릇을 하는 척하면서 그녀 안에는 다른 남자가 들어서 있었다. 그 남자는 남편과 달리 우아하고 건강했다. 그는 냉철한 이성을 지니고 있었으며 풍부한 경험을 한 남자였고 그러면서도 격정적인 욕망을 폭발시킬 줄도 아는 남자였다.

그녀는 로돌프를 위하여 온갖 선물을 다 했다. 은을 입힌 손잡이가 달린 채찍, 봉인용 고급 도장, 목도리용 스카프, 담배 케이스 등이었다. 로돌프는 그런 선물들을 받는 게 뭔가 수치스러워 거절했다. 하지만 그녀가 하도 떼를 쓰는 바람에 받아들일 수밖에 없었다.

게다가 그녀는 기발한 발상을 하기도 했다.

"시계가 밤 열두 시를 칠 때마다 나를 생각해줘요."

게다가 시도 때도 없이 자신을 사랑하느냐, 이전에 다른 여자를 사랑해본 적이 있느냐고 묻기도 했으며 "내가 숫총각이라고 생각했소?"라고 대답하면 그녀는 눈물을 흘리면서 말했다.

"당신을 너무 사랑하기 때문이에요. 당신 나 외에는 없는 거지요? 물론 나보다 더 예쁜 여자는 많을 거예요. 하지만 나처럼 당신을 사랑하는 여자는 없을 거예요. 나는 당신의 하녀이고 첩이에요! 당신은 나의 왕이고 우상이에요! 당신은 착하고 미남이에요! 머리도 좋고 힘도 세요!"

그는 그런 이야기를 숱하게 들어왔었기에 조금도 새롭지 않았다. 그에게는 엠마도 이 세상 모든 정부들과 다를 바 없었다. 새롭기만 하던 매력들이 마치 몸에 걸친 옷가지처럼 하나씩 떨어져 나가자 언제 어디서나 똑같은 말과 행동들로 채색된 단조로운 욕망이 드러날 뿐이었다.

하지만 경험이 풍부한 그로서도 똑같은 표현들 뒤에 숨어 있는 미묘한 감정의 차이를 분간해내지는 못했다. 헤픈 여자들에게서 비슷한 말을 하도 지겹게 들었기 때문에 엠마의 말에서 진정성을 느끼지 못했고 그 감정을 에누리해서 들었다.

하지만 아무리 충만한 영혼이라도 공허한 비유처럼 표현될 수밖에 없는 경우가 대부분이다. 그 어느 누구도 자신의 욕망이나 생각, 자신의 슬픔을 정확하게 표현한다는 것은 불가능하기 때문이다. 또한 사람의 말이란 깨어진 냄비와 같은 것이어서 그 멜로디로 별을 감동시키고 싶을 때도 겨우 곰이나 춤추게 만드는 정도인 것이기 때문이다.

그녀는 시간이 갈수록 로돌프에게 매달렸다. 아니다. 그와 함께 어디 미지의 곳으로 갈 수 있다는, 가야 한다는 꿈에 매달렸다고 보는 것이 옳다. 더욱이 그녀가 제발 어디론가 데려가 달라고 사정해도 로돌프가 딱 잘라 거절하지 않았기에 그녀는 희망에 부풀었다.

그녀는 그의 어깨에 기대고 중얼거렸다.

"봐요. 우리 둘이 역마차에 올라타기만 하면……. 당신도 그런 생각해요? 아아, 그렇게 될 수 있을까요? 마차가 달리기 시작하면 구름을 타고 하늘로 오르는 기분일 거예요."

그즈음처럼 보바리 부인이 아름다웠던 적은 없었다. 그녀는 기쁨, 열정, 그리고 성공이 가져다준 이루 말할 수 없는 아름다움을 지니게 되었다. 그것은 그녀가 지닌 기질과 환경이 조화를 이루면서 빚어낸 아름다움이기도 했다. 그녀의 갈망, 슬픔, 쾌락의 경험, 언제고 싱싱하게 떠오르는 환상들은, 마치 비료와 비와 바람과 햇빛이 합작하여 꽃을 피워내듯이 점차 그녀를 성장시켜 마침내 그녀의 천성을 활짝 꽃피어나게 한 것이다.

샤를은 그런 그녀에게서 마치 신혼 때처럼 강렬한 유혹을 느꼈다. 하지만 밤늦게 돌아와 그런 달콤한 유혹을 느끼고도 감히 그녀를 깨우지 못했다.

도자기로 만든 등잔불이 천장에 하늘하늘 둥근 빛을 던지고 있었고, 자그마한 요람을 둘러싸고 있는 커튼은 마치 하얀 오두막처럼 침대 곁에서 둥글게 부풀어 있었다. 샤를은 우두커니 그것들을 바라보았다. 아이의 숨소리가 들리는 것 같았다.

아이는 이제 자라날 것이다. 계절이 바뀔 때마다 몰라보게 커지리라. 그는 그 아이가, 해질 무렵, 잉크 얼룩을 옷에 묻은 채 방실방실 웃으며 학교에서 돌아오는 모습을 그려보았다. 머지않아 저 아이를 기숙사에 넣어야 하리라. 그러려면 돈이 많이 들 텐데 어떻게 하지? 가까운 곳에 농장을 하나 빌려서 왕진 갔다 오면서 감독해야지. 거기서 생기는 수입을 저금했다가

증권을 사리라. 그리고 환자도 늘어날 거야.

그는 잠든 딸애를 보며 미래를 설계하고 계산해보았다. 그는 베르트를 훌륭하게 키우고 싶었다. 여러 가지 재주를 배우게 해주고, 특히 피아노를 가르치고 싶었다. 아, 저 애가 열다섯 살이 되어 엄마처럼 밀짚모자를 쓰면 얼마나 예쁠까! 멀리서 보면 마치 자매인 양 착각하리라. 그는 딸아이가 밤이면 부모 곁에서 공부하는 모습을 그려보았다. 저 애는 아빠의 실내화에 수도 놓아주고 여러 집안일을 도울 거야. 저 애가 온 집 안을 화기애애하고 명랑하게 만들어줄 거야. 그리고 결혼을 생각해야 될 나이에 이르겠지. 그러면 안정된 직업을 가진 착실한 젊은이를 찾아주리라. 사위는 딸을 행복하게 해줄 것이고 그 행복은 영원하리라.

엠마는 자고 있지 않았다. 자는 체하고 있을 뿐이었다. 그가 그녀 곁에서 졸고 있을 때 그녀는 다른 꿈의 세계에 빠져 있었다.

네 마리의 말이 끄는 마차를 타고 그녀는 벌써 일주일째 낯선 곳을 달리고 있었다. 그들은 그곳에서 결코 다시는 돌아오지 않으리라. 두 사람은 팔짱을 낀 채 아무 말 없이 계속 앞으로만 달리고 또 달린다.

그녀는 그 꿈속에서 돔 지붕의 화려한 대성당이 있는 도시를 보았고, 둘이 쓸쓸한 어촌을 거닐었으며 곤돌라를 타고 이곳저곳 한가롭게 돌아다녔다. 그 꿈속에서 둘이 누리는 삶은 그들이 입고 있는 비단옷처럼 평온하고 넉넉했으며 그들이 바라보는 정겨운 밤 풍경처럼 온화하고 별빛 영롱했다. 하지만 그녀가 그려보는 그 미래에는 아무것도 구체적인 것이 들어 있지 않았다. 오로지 꿈일 뿐이었으며 바다 위에 넘실거리는 파도처럼 한결같이 멋지기만 한, 비슷한 날들의 연속일 뿐이었다. 그 푸르른 나날들은 찬란한 햇빛을 받으며 저 멀리 아득한 수평선 너머에서 흔들리고 있었다.

그녀가 꿈에 젖어 있을 때 아이가 요람에서 기침을 하거나 보바리가 옆에서 코를 골았고, 엠마는 아침이 되어서야 겨우 잠을 이룰 수 있었다.

엠마와 로돌프는 다음 달에 함께 도망가기로 약속해 놓고 있었다. 그녀는 루앙에 볼 일이 있는 척하고 용빌을 떠나리라. 그 전에 로돌프는 좌석을 예약해 두고, 여권을 마련하고, 마르세유까지 가는 역마차를 예약하리라. 마르세유까지 가면 사륜마차를 산 다음 이탈리아 제노바까지 쉬지 않고 달리리라. 그것이 그들이 약속해 놓은 계획이었다.

약속한 날이 되자 로돌프는 아직 준비가 덜 되었다며 2주가 더 필요하다고 했다. 2주가 지나자 그는 또 2주가 더 걸려야 할 것이라고 했고 다시 날짜가 되자 이번에는 몸이 아프다고 했다. 다음에 그는 혼자 여행을 떠났다. 그러는 사이 8월이 지나갔다. 이렇게 여러 번 미루고 미룬 끝에 그들은 드디어 9월 4일 월요일에는 무슨 일이 있어도 떠나기로 약속했다.

드디어 거사 이틀 전인 토요일이 되었다. 밤이 되자 로돌프는 평소보다 일찍 그녀에게 나타났다. 그를 보자 엠마가 말했다.

"준비 다 되었어요?"

"응."

그들은 화단을 한 바퀴 돈 다음 테라스 옆 낮은 담장 위에 나란히 앉았다.

"당신 우울해 보여요"라고 엠마가 말했다.

"내가? 내가 왜?"

"당신이 사랑하던 사람들, 당신의 생활을 모두 버리고 멀리 떠나려니까……. 그래요, 무리가 아니지요. 하지만 내게는 이 세상에 아무것도 없어요. 내게는 당신이 전부예요. 당신도 그렇지요? 나는 당신의 가족이 되고 조국이 될 거예요. 당신을 돌보고 사랑하겠어요."

제2부

141

그는 그녀를 껴안으며 말했다.

"당신은 정말 아름다워."

"정말? 날 사랑해요? 맹세해줘요."

"당신을 사랑하느냐고? 물론이지. 너무너무 사랑해! 오, 내 사랑!"

불그스레한 보름달이 목장 너머 지평선에 떠올랐다. 고요하고 달콤한 밤이 주위에 펼쳐져 있었다. 엠마는 반쯤 눈을 감은 채, 불어오는 신선한 바람을 한껏 들이마셨다. 그들은 각각 황홀한 꿈에 젖어 한 마디도 하지 않았다.

로돌프가 그 침묵을 깼다.

"정말 아름다운 밤이야."

"그래요, 앞으로 매일 이런 밤을 맞이하게 될 거예요."

그러더니 그녀는 혼잣말처럼 덧붙였다.

"그래요, 여행하기에도 좋은 때예요. 그런데 왜 이렇게 마음이 쓸쓸할까요? 알 수 없는 앞일이 두려워서일까요? 친근한 것들과 헤어지게 되어서일까요? 아니면……? 아니야, 너무 행복에 겨워 그런 걸 거야! 나, 너무 약하지요? 미안해요."

"엠마, 아직 시간이 있어. 잘 생각해봐. 후회할지도 몰라요."

"아니에요. 절대 그럴 리 없어요. 도대체 뭘 후회한단 말이에요? 당신과 함께라면 어떤 절벽도 넘을 수 있어요. 어떤 사막도, 어떤 바다도 건널 수 있어요. 우리 앞에는 아무런 장애도, 아무런 근심 걱정도 없을 거예요. 영원히 우리 둘이서만 함께 살 거예요."

그는 일정한 간격을 두고 "응······. 그렇지······ 그래"라고만 대답할 뿐이었다.

시계가 12시를 치자 그녀가 말했다.

"아, 이제 하루가 남았네요! 내일이면!"

그가 자리에서 일어났다. 그러자 그녀가 말했다.

"여권이랑 다 준비됐죠? 그럼 프로방스호텔에서 내일 봐요. 12시에."

그녀가 그를 껴안았고 잠시 후 그는 그녀를 살며시 떼어내고 그곳을 떠났다. 그가 멀어지자 그녀가 그를 따라 물가까지 뛰어가며 소리쳤다.

"내일 봐요!"

그는 이미 시냇물을 건너서 목장을 걸어가고 있었다.

얼마 후 로돌프는 걸음을 멈추었다. 그리고 마치 유령처럼 흰 옷을 입은 그녀가 차츰차츰 어둠 속에서 사라져가는 것을 바라보았다. 그의 가슴이 마구 뛰었다. 그는 쓰러질 것 같아 나

제2부

143

무에 기댔다.

"내가 이 무슨 얼간이 같은 짓을 하고 있는 거야!"

그는 자기 자신에게 욕설을 퍼부었다.

"어쨌든, 어쨌든…… 정말 아름다운 애인이었어."

그에게 다시 한 번 엠마의 아름다운 모습과, 그녀와의 사랑에서 맛본 모든 쾌락들이 되살아나 가슴이 저려왔다. 그러나 그는 곧 고개를 흔들며 그녀를 밀쳐냈다. 그는 큰 소리로 말했다.

"어쨌든 고국을 떠날 수는 없어! 게다가 어린아이까지 떠맡을 수는 없어!"

제8장

집으로 돌아오자마자 로돌프는 책상 앞에 앉았다. 하지만 정작 펜을 잡자 아무 생각도 떠오르지 않았다. 그에게는 이미 엠마가 먼 과거로 물러가 있었다. 마치 로돌프의 결심이 순식간에 두 사람 사이에 무한한 거리를 만들어놓은 것 같았다.

그는 엠마가 보낸 편지들, 그녀가 보낸 선물들을 그녀에 대한 추억과 함께 하나씩 살펴보았다. 그러나 그것들은 이제 더이상 하나도 특별하지 않았다. 그가 그동안 사귀었던 모든 여자들, 그녀들과 사귀면서 나눈 사랑들과 엠마와의 사랑은, 말하자면 '평준화'되었다. 그는 엠마의 편지들과 선물들을 장롱 속에 집어넣으면서 한 마디 했다.

"다 허접쓰레기들이야."

그 말 한 마디에 그의 모든 생각이 압축되어 있었다.

그는 엠마에게 긴 편지를 썼다. 자신들이 무모했다고, 이 정열이 식으면 우리는 함께 후회하게 될지도 모른다고, 당신과의 사랑은 특별한 것이었고 그 사랑을 지키기 위해 나는 이 사랑을 단념할 수밖에 없다고, 잔인한 세상이 당신에게 가하는 모욕을 곁에서 볼 수 없어, 또한 당신을 다시 한번 보고 싶은 유혹을 떨쳐내기 위해 자신은 어디론가 멀리 여행을 떠나야만 한다고, 언젠가는 다시 만나 우리들의 사랑에 대해 차분하게 이야기하게 될 수도 있을 것이라고 썼다.

그는 편지를 다시 한번 읽어본 후 썩 잘 썼다고 흡족해했다.

이튿날 로돌프는 살구를 가득 채운 바구니 밑바닥에 편지를 넣은 후 심부름꾼을 시켜 엠마에게 보냈다.

편지를 받자마자 이상한 예감에 사로잡힌 엠마는 3층 다락방으로 가서 편지를 읽었다. 그녀는 그대로 죽어버리고 싶었다. 아침 식사 준비가 되었다는 펠리시테의 말에 그녀는 휘청거리며 아래층으로 내려와 식탁에 앉았다. 그때 파란색 이륜마차 한 대가 전속력으로 광장을 지나가는 것이 창문을 통해 보였다. 엠마는 그대로 혼절했고 사람들은 그녀를 침대로 옮겼다.

이후 그녀는 무려 43일 동안을 침대에 누워 있었다. 샤를은 다른 환자들은 팽개쳐둔 채 잠시도 그녀 곁을 떠나지 않고 돌보았다. 그것으로도 부족해, 그는 옛 스승인 라리비에르 박사를 모셔오기도 했다.

샤를은 절망하고 있었다. 그가 무엇보다 걱정하는 것은 엠마가 허탈 상태에 빠져 있다는 사실이었다. 그녀는 아무 말도 하지 않았고 말을 알아듣지도 못했으며 심지어는 고통을 느끼는 것 같지도 않았다. 마치 그녀의 육체도, 영혼도 함께 활동을 멈춘 채 쉬고 있는 것 같았다.

10월 중순이 되자 그녀는 겨우 베개를 등 뒤에 댄 채 침대에 앉을 수 있게 되었다. 아내가 처음으로 잼을 바른 빵 조각을 먹는 것을 보고 샤를은 눈물을 흘렸다. 엠마는 차츰 기운을 되찾았다. 오후에는 몇 시간이고 일어나 앉아 있을 수도 있었다. 어느 날 그녀의 기분이 나아 보이자 샤를은 그녀를 부축하고 뜰을 한 바퀴 산책하기도 했다. 엠마는 슬리퍼를 질질 끌면서 한 걸음, 한 걸음 조심스럽게 발을 내딛으며 얼굴에 미소를 지었다.

그들은 뜰 제일 안쪽 테라스 옆으로까지 걸어갔다. 그녀는 천천히 허리를 세운 다음 눈 위에 손을 갖다 대고 먼 곳을 바라보았다. 그러나 지평선에서는 풀을 태우는 모닥불 연기만 눈에 들어올 뿐이었다.

샤를은 그녀가 너무 피곤해할까 봐 넝쿨을 씌운 정자 밑으로 데려간 후 그곳 의자에 앉으라고 했다. 그러자 그녀가 꺼져가는 목소리로 대답했다.

"아, 안 돼요. 거긴 싫어요."

그녀는 정신이 아득해졌고 그날 이후 다시 병이 도졌다. 증세가 심해진 건 아니었지만 전보다 훨씬 복잡해졌다. 어떤 때는 심장에 통증을 느꼈으며 어떤 때는 가슴에 이어서 머리나 팔다리가 아팠다. 그러다 갑자기 구토를 하기도 했다. 샤를은 그녀가 암 초기 증상을 보이는 것이나 아닌지 염려하기 시작했다.

게다가 이 가련한 사내는 금전상의 어려움까지 걱정해야만 했다. 우선 오메 씨의 가게에서 가져온 약값을 지불할 길이 막막했다. 오메가 독촉이야 하지 않겠지만 의사가 약사에게 빚을 진다는 건 부끄러운 일이었다. 게다가 하녀가 주부 노릇을 하다 보니 도무지 절약을 하지 못해 생활비가 엄청나게 들었다. 이곳저곳에서 계산서가 집 안으로 비 오듯 쏟아졌고 특히 잡화상 뢰뢰 씨가 그를 가장 괴롭혔다. 그는 엠마의 병이 최고조에 달했을 때 외투와 여행 가방, 커다란 트렁크 두 개를 가져와서는 샤를이 아무리 필요 없다고 해도 이미 주문 받은 것이라서 무를 수 없다며 막무가내로 두고 갔다. 엠마가 로돌프와 떠나기 위해 주문한 것들이었다.

뢰뢰의 협박에 가까운 독촉에 샤를은 6개월 만기 어음에 서명하고 말았다. 하지만 6개월 후에 그 돈이 생긴다는 보장은 전혀 없었다. 샤를은 궁리 끝에 뢰뢰에게 1,000프랑의 돈을 빌렸다. 만기는 1년이었고 이자는 연 6부 5리였다.

샤를은 내년에 이 많은 돈을 어떻게 갚을 수 있을지 막막했다. 아버지에게 부탁할까 생각해보았지만 아버지가 들어줄 것 같지 않았고, 무엇 하나 변변히 팔만한 것도 없었다. 잠시 돈 걱정에 빠져 있던 그는 얼른 그 생각들을 털어냈다. 그리고 그 일로 잠시 엠마를 잊은 자신을 꾸짖었다. 그는 자신의 생각조차 엠마의 것이라고 여겼다. 그가 잠시라도 엠마가 아닌 다른 생각을 하면 그건 마치 그녀에게서 무엇인가를 빼앗은 것과 다름없었다.

그해 겨울은 혹독했다. 부인의 회복은 더뎠다. 그녀는 하루 종일 침대에 누워서 지냈다. 그러는 사이 지붕에 쌓인 눈이 녹고 비가 내리는 계절이 되었다. 그동안 부르니지엥 신부가 자주 그녀를 보러 왔고 한동안 그녀는 그의 방문에서 위안을 느꼈다. 신부는 주교님의 단골 서점 주인 불라르 씨에게 편지를 써서 좋은 책들을 그녀에게 보내게 했다. 서점 주인은 그냥 무관심하게 가벼운 문답식 종교 서적들, 여성이 쓴 소설류 등을 보내왔다. 그녀는 아직 무엇엔가 몰두할 수 있을 만한 정신 상태가 아니었지만 그 책들을 닥치는 대로 읽어치웠다. 그녀는 그 책들을 읽으면서 오히려 종교적 진리에서 멀어졌으면서도 그것에 가까이 간다고 착각했다. 그녀는 책을 손에서 놓고 우수에 잠길 때면 가장 순수한 자신의 영혼이 종교적 우수에 사로잡힌 것이라고 생각했다.

그녀를 그런 착각에 빠지게 해주는 데는 로돌프와의 순결한 사랑에 대한 추억이 단단히 한몫을 했다. 로돌프에 대한 추억은 그녀 마음속 깊은 곳에 여전히 엄숙하게 묻혀 있었다. 그 향기롭고 위대한 사랑이 그녀가 동경하는 순수의 세계에 애정의 향기를 더해주었다. 그러나 바라던 마음의 평화는 찾아오지 않았고 하느님의 목소리도 들리지 않았다. 그러자 그녀는 극단적인 자선 활동을 벌이기도 했고, 정원을 완전히 다른 모습으로 바꾸어보기도 했다. 그런 그녀를 샤를은 걱정스럽게 바라보았고 어떻게 하면 그녀의 기분을 풀어줄 수 있을까 노심초사했다.

그러던 어느 날이었다. 오메 씨가 샤를에게 멋진 제안을 했다.

"부인을 연극에 한 번 데리고 가보세요. 루앙에서 라가르디가 공연을 한답니다. 꽤 많은 돈을 주고 영국에서 초청했는데 1회 공연밖에 안 한답니다. 대단한 사람이랍니다."

샤를에게는 귀가 번쩍 뜨이는 제안이었다. 샤를이 아내에게 그 말을 하자 엠마는 피곤하다, 거기까지 가기 귀찮다, 돈이 많이 든다, 라며 거절했다. 하지만 보통 때와는 달리 샤를은 쉽게 물러나지 않았다. 아내에게 이보다 더 좋은 기분 전환은 없으리라고 확신했기 때문이었다. 게다가 기대하지도 않았는데 어머니가 300프랑의 돈을 보내주었고 내년에 뢰뢰에게 청산해야 할 어음 외에는 당장 갚아야 할 빚도 없었다. 그는 그녀가 거절하는 것이 아니라 사양하는 것이라 생각하고 더욱 강하게 고집을 부렸다. 너무 귀찮아진 엠마는 그냥 당신 맘대로 하라고 해버렸다.

그들은 다음 날 아침 8시에 '제비'에 올라탔고 '제비'는 얼마 후 보부아진 광장에 있는 적십자여관 앞에 섰다. 촌티가 물씬 풍기는 낡은 여관이었다. 샤를은 표를 사러갔다. 그는 귀빈석과 일반석, 일등석과 이등석을 구별하지 못해 매표소에서 승강이를 했고, 매표원의 설명을 알아들을 수 없어 다시 여관 지배인에게 왔다가 다시 극장으로 가는 짓을 몇 번 반복한 후에야 겨우 표를 살 수 있었다.

그사이 부인은 모자와 장갑과 꽃다발을 샀다. 샤를은 혹시 개막에 늦을까봐 안절부절못했고, 둘은 수프도 먹는 둥 마는 둥 서둘러 극장으로 갔다. 하지만 극장 문은 아직 닫혀 있었다.

제9장

날은 맑고 더웠다. 관객들은 난간 사이에 두 줄로 늘어서 있었다. 엠마는 극장 문을 열기 전에 항구 쪽으로 산책을 하고 오자고 샤를에게 말했다. 북적이는 사람들 틈에 함께 섞여 있다가는 체면이 손상될 것 같아서였다.

극장 입구에서부터 엠마의 심장은 두근거리기 시작했고 일등석으로 향하는 층계를 오르면서 그녀는 자신도 모르게 허영에 찬 미소를 머금고 있었다. 극장 안에 사람은 점점 붐벼 갔고 그들이 떠드는 온갖 소리로 왁자지껄했다.

이윽고 오케스트라의 촛불이 켜지고 샹들리에가 천장에서 내려오자 악사들이 차례로 들어섰다. 먼저 베이스가 길게 신음소리를 냈고 이어서 바이올린이 끽끽거리는 소리, 플루트와 플래절렛이 삐삐거리는 소리를 냈다. 이어서 막이 오르더니 배경이 나타났다.

네 갈래 길이 갈라지는 숲속이었다. 왼편에 떡갈나무 그늘에 샘이 하나 있었고 농부와 귀족들이 스코틀랜드 특유의 외투를 걸치고 사냥 노래를 부르고 있었다. 이윽고 장교 한 명이 갑자기 나타나 두 팔을 하늘로 올리고 악의 천사에게 구원을 빌었다. 이어서 또 한 사람의 장교가 나타났다가 둘이 함께 퇴장하자 또다시 사냥꾼들의 합창이 이어졌다.

서막이 열리자마자 엠마는 처녀 시절에 읽은 월터스코트의 세계로 빠져들었다. 그녀는 소설 내용을 기억하고 있었기에 노래 한 소절, 한 소절을 따라가며 줄거리를 감상할 수 있었다. 그러면서 그녀는 음악의 선율에 몸을 맡겼다. 이어서 에드가르도 역을 맡은 라가르디가 등장하자 그녀는 관중과 함께 열광했다. 에드가르도가 루치아와 마지막 이별을 노래할 때 엠마는 자신도 모르게 비명을 질렀지만 다행히 화음 연주에 묻혀 들리지 않았다.

그때였다. 샤를이 갑자기 그녀에게 고개를 돌리고 물었다.

"아니, 저 남자가 왜 저렇게 저 여자를 괴롭히는 거야?"

"그런 게 아니에요. 둘은 연인 사이예요."

"그럼 왜 사랑하는 여자 가족에게 복수를 하겠다는 거지? 게다가 아까 처음 나왔던 남자 있잖아. 그 남자는 왜 '나는 루치아를 사랑하고 그녀도 나를 사랑한다'라고 말한 거지? 게다가 그 남자가 여자 아버지 팔짱을 끼고 나갔잖아."

엠마가 아무리 설명을 해주어도 샤를은 이중 음모에 대해 이해를 하지 못했다. 그는 도무지 줄거리를 이해할 수 없다고 고백했다. 음악 때문에 가사가 들리지 않는다는 것이었다.

엠마가 그에게 말했다.

"그냥 잠자코 보기만 하세요."

"하지만 무슨 소리인지 알고나 봐야 할 거 아니오? 안 그렇소?"

"제발 시끄러우니 잠자코 있어요!"라고 그녀는 짜증을 내고 말았고 샤를은 입을 다물었다.

엠마는 다시 연극 속으로, 배우 라가르디가 만들어주는 환상 속으로 빠져들었다. 그녀는 연극을 보면서 찬란한 그의 삶을 머릿속으로 그려보았다.

'아아, 운이 좋았다면 나도 저런 삶을 살았을지도 몰라. 저 사람과 서로 알게 되어서 서로 사랑하게 되었을지도 몰라. 그와 함께 유럽의 온갖 왕국들을, 모든 도시들을 여행하고, 오직 나

만을 위해 불러주는 아리아를 황홀하게 받아들였을 거야.'

그녀는 마치 무대 위의 배우가 자신을 또렷이 바라보고 있다는 느낌에 사로잡혀 정신이 아득해졌다. 그녀는 그에게 이렇게 외치고 싶었다.

"그래요! 나예요. 바로 나예요! 나를 데리고 가줘요! 나를 데리고 어디론가 가줘요! 나는 당신 거예요. 내 모든 정열과 꿈, 그 모든 게 당신 거예요!"

순간 2막이 내려갔다.

엠마는 극장 안의 열기와 냄새에 숨이 막힐 것 같았다. 잠시 밖으로 나가려고 했으나 복도에 사람들이 꽉 차 있어 나갈 수 없었다. 그녀는 제자리에 털썩 주저앉았다. 심장이 두근거리고 숨이 막힐 것 같았다. 그 모습을 본 샤를은 그녀가 혹시 기절이라도 할까봐 걱정이 되어 얼른 자리에서 일어났다. 매점으로 가서 설탕을 탄 보리 음료라도 사오기 위해서였다.

사람들을 뚫고 힘겹게 음료를 사갖고 돌아온 샤를이 그녀에게 말했다.

"어휴, 정말이지 간신히 빠져나왔네! 어찌나 사람이 많은지! 정말 대단해!"

그런 후 그가 덧붙였다.

"그런데, 여보, 내가 저 위에서 누구를 만났는지 알아? 레옹 씨를 만난 거야."

"레옹이요?"

"그래, 레옹. 이제 곧 당신에게 인사하러 올 거요. 자리를 일러줬어."

그의 말이 끝나기가 무섭게 이전 용빌의 서기가 일등석 칸막이 안으로 들어섰다.

그는 신사다운 태도로 손을 내밀었다. 보바리 부인도 자신의 의지와는 무관한 무슨 인력에라도 끌린 듯 거의 기계적으로 손을 내밀었다. 그녀는 비가 내리던 그 봄날 황혼 무렵, 창가에 서서 작별 인사를 나눈 이래, 그런 힘을 다시 느껴본 적이 없었다. 그러나 이곳에서 그런 회상에 젖어 있을 수는 없었다. 그녀는 얼른 정신을 차리고 그에게 더듬거리듯 말했다.

"아, 안녕하세요……. 당신이…… 당신이 도대체 어떻게 여기에……."

그때 아래층에서 누군가가 "조용히 해요"라고 소리를 질렀다. 3막이 시작되었던 것이다.

"루앙에 사세요?"

"네."

"언제부터?"

"나가요, 나가!" 또다시 고함 소리가 들리자 그들은 입을 다물었다.

하지만 그 순간부터 그녀의 귀에는 더 이상 아무것도 들리지 않았다. 합창도, 이중창도, 독창도 하나도 귀에 들어오지 않았다. 대신 잊고 있던 옛 사랑의 추억들이 그녀를 사로잡았다. 아아, 그는 왜 돌아온 것일까? 무슨 인연이 그를 다시 그녀의 삶 속으로 집어넣은 것일까?

그는 그녀 뒤 칸막이에 등을 기대고 서 있었다. 때때로 그의 따뜻한 콧김이 그녀의 머리칼을 스쳤고 그녀는 부르르 몸을 떨었다.

갑자기 그가 그녀 쪽으로 고개를 숙이면서 말했다.

"재미있으십니까?"

"정말이지, 재미없어요."

그러자 그는 극장 밖으로 나가 어디선가 아이스크림이나 먹자고 했다. 보바리가 기왕에 들어온 것, 좀 더 있자고 했지만 엠마가 너무 덥다고 하자 그는 순순히 아내의 의견을 따랐다.

얼마 후 그들은 밖으로 나와 항구 근처 카페 야외 테라스에 앉았다.

샤를이 열심히 엠마가 얼마나 아팠는지 이야기했지만 엠마는 레옹이 지루해할 거라며 그의 입을 막았다. 그러자 레옹이 자신에 관한 이야기를 했다. 그는 앞으로 2년 동안 루앙에 있는 큰 법률사무소에서 일을 배울 것이라며 용빌 사람들의 안부를 물었다. 샤를과 함께 있는 자리에서 엠마와 레옹은 별로 나눌 이야기가 없어서 대화는 곧 끊기고 말았다.

극장에서 나온 사람들이 떠들썩하게 이야기를 나누고 아리아를 흥얼거리며 지나가고 있었다. 그러자 레옹이 아는 척, 음악 이야기를 시작했다. 그는 유명한 가수 이름들을 대면서 그들에 비하면 라가르디는 인기는 좀 있을지 몰라도 별 거 아니라고 깎아내렸다. 그러자 샤를이 말했다.

"그렇긴 해도 끝까지 다 못 봐서 좀 섭섭해요. 겨우 줄거리를 알고 좀 재미있어지는 참이었는데."

"그 사람 곧 또 공연을 한다던데요" 하며 레옹이 말했다.

"하지만 나는 내일 용빌로 돌아가야 합니다."

그러더니 그가 엠마를 보고 말했다.

"혹시, 당신 혼자 남아 있을 생각 없소? 마지막을 못 봐서 당신도 섭섭할 텐데."

레옹은 전혀 생각지도 않던 행운이 찾아온 것을 알고 갑자기 태도를 바꾸어 라가르디를 입에 침이 마르게 칭찬하기 시작했다. 그의 입에서 숭고라는 단어까지 나왔다. 그러자 샤를이 그녀에게 강하게 권했다.

"당신은 일요일에 용빌에 돌아오도록 해요. 자, 고집부리지말고. 그게 당신 건강에 좋을 거야."

그녀는 묘한 미소를 머금고 더듬으며 말했다.

"글쎄요, 잘 모르겠어요."

헤어지면서 샤를은 레옹에게 말했다.

"이제 우리 지방으로 오셨으니 저녁에 집에 가끔 찾아와 식사라도 합시다."

서기는 그렇지 않아도 일 때문에 용빌에 갈 일이 있으니 꼭한 번 찾아뵙겠다고 말했다. 그들은 생 테르블랑 나루터 앞에서 헤어졌다. 성당의 종이 11시 반을 알리고 있었다.

제
3
부

제1장

파리에서 지내는 동안 레옹은 이따금 엠마를 생각했다. 그러나 애초의 사랑의 감정은 조금씩 옅어지고 대신 그 위에 여러 가지 다른 욕망들이 쌓여갔다. 그러나 그 감정이 완전히 사라진 것은 아니었다. 그는 희망을 잃지 않고 있었다. 그의 미래 속에서는 그녀와의 희미한 약속 같은 것이 마치 환상 속 나뭇잎 사이에 매달린 황금처럼 흔들리고 있었다.

헤어진 지 3년 만에 그녀를 다시 만나니 그의 정열은 '새롭게' 눈을 떴다. '다시'가 아니라, '새롭게'였다. 그렇다. 그 정열은 이전과는 다른 새로운 정열이었다. 그는 이번에야말로 엠마를 자기 것으로 만들겠다고 결심했다. 그의 소심한 성격도 파리에서 경박한 사람들과 지내면서 많이 닳고 닳았다. 그는 번쩍이는 구두를 신은 채 대로(大路)의 아스팔트를 걸어보지 못한 시골 촌뜨기들을 경멸하는 마음으로 루앙으로 돌아왔다. 훈장을 주렁주렁 달고 마차를 소유한 파리의 고명한 의사의 응접실에서 귀부인을 만났다면 아마도 그는 벌벌 떨면서 입도 뻥긋하지 못했을 것이다. 하지만 이곳 루앙의 항구에서 만난 시골뜨기 의사의 아내라면 얼마든지 현혹시킬 자신이 있었다. 사람의 자신감은 환경에 따라 좌지우지되기 마련인 것이다.

전날 밤 보바리 부부와 헤어진 후 그는 멀찍이서 그들 뒤를 밟았다. 그들이 적십자여관으로 들어가는 것을 본 그는 자기 숙소로 돌아와 작전 계획을 짰다.

다음 날 5시경 그는 여관 주방을 통해 안으로 들어갔다. 여관 하인의 입을 통해 샤를 보바리 씨가 용빌로 돌아가고 없다는 소리를 들은 그는 조짐이 좋다고 생각하며 엠마의 방으로 올라갔다.

그녀는 그를 보고 놀라기는커녕, 자신들이 머무는 여관을 일러주지 않아 미안하다고 사과까지 했다. 레옹은 직감으로 이곳에 그녀가 묵고 있을 거라는 걸 알 수 있었다고 말했다. 하지만 곧 실없는 소리를 한 것 같다는 생각이 들어, 아침 내내 이곳 모든 여관을 다 뒤졌다고 말했다.

　방은 매우 작았다. 마치 단둘만의 시간을 보다 오붓하게 만들기 위해 일부러 그런 작은 공간이 마련된 것 같았다. 엠마는 면으로 된 화장 가운을 입고 쪽 진 머리를 한 채 소파에 등을 기대고 앉아 있었다.

　그는 그녀를 한시도 잊은 적이 없었다고, 정처 없이 강가를 거닌 적이 한두 번이 아니었다고 이야기했다. 그녀는 자신은 아무 짝에도 쓸모없는 삶을 사는 것 같다며, 자기가 병에 걸렸었다는 것, 죽을 수도 있었는데, 그러면 모든 괴로움에서 벗어날 수 있었는데 그러지 못해 안타깝다고 말했다. 레옹은 자신도 유언장을 쓴 일이 있었다며 자신도 무덤 속의 평온을 부러워한다, 유언장에 언젠가 그녀가 보내준 아름다운 무릎 덮개로 자신의 유해를 덮어달라고 썼다고 말했다. 꾸며낸 이야기였다.

　이어서 그들은 그 둘이 공유하고 있는 과거의 사소한 기억들에 대해 이야기하기 시작했다. 그리고 거기에 의미를 붙이기 시작했다. 그들은 자신들의 과거를 지금 자신들이 세워놓은 이상(理想)에 끼워 맞추고 있었다. 결국 그들이 말하는 과거는 엄밀히 말해 과거가 아니었다. 그들은 이러했다면 하는 희망을 실제의 과거인 양 이야기하고 있었다.

게다가 말이란 것은 언제나 감정을 길게 늘이고 과장하게 만드는 법이다. 그들은 대화를 나누면서 그들의 모든 과거 행동을 순결하기 그지없는 사랑으로 변모시켰다. 그들의 대화 속에서, 그의 모든 행동은 그녀를 사랑했기에 한 행동이 되었고 그녀는 그의 이야기를 들으면서 자신의 존재가 확장되는 느낌, 드넓기 그지없는 감정의 세계가 다시 눈앞에 펼쳐지는 것 같은 느낌이 들었다. 그녀는 그의 말을 들으면서 가끔 "그래요, 맞아요……! 정말 그래요!"라고 낮은 목소리로 속삭이곤 했다.

보부아진 가의 모든 시계들이 8시를 치고 있었다. 둘은 말없이 서로를 바라보고 있었다. 서로 마주 보고 있는 눈동자에서 소리의 파동이 튀어나와 그 파동이 그들의 머릿속을 스치고 지나가는 것 같았다. 그들은 손을 마주 잡았다. 그러자 과거와 미래와 추억과 꿈, 이 모든 것이 감미로운 도취 속에서 하나로 녹아들었다.

대화가 잠시 중단되었고 그녀는 장롱 위에 있는 두 자루 양초에 불을 붙인 후 다시 자리로 돌아왔다. 레옹은 중단된 대화를 어떻게 다시 시작해야 할지 실마리를 찾으려 궁리했다. 그런데 엠마가 먼저 입을 열었다.

"아, 어째서 지금까지 내게 그런 마음을 털어 놓은 사람이 없었던 걸까요?"

레옹은 즉각, 당신이 지닌 이상적인 천성은 아무나 쉽게 이해할 수 있는 것이 아니라고 대답했다. 그러면서 자신은 첫눈에 그녀를 사랑하게 되었다고 말했다. 그리고 만일 행운의 여신의 도움으로 둘이 보다 일찍 만나 헤어질 수 없는 인연을 맺을 수 있었다면 얼마나 행복했을까 생각하니 가슴이 너무 아프다고 말했다.

엠마가 그의 말에 맞장구를 쳤다.

"그래요. 나도 가끔 그런 생각을 하곤 했어요."

"이 얼마나 멋진 꿈인가요!"

레옹은 중얼거리면서 그녀의 긴 허리띠의 파란 테두리를 가만히 만졌다. 그러고는 덧붙였다.

"지금부터 다시 시작하면 안 될까요?"

"그건 안 돼요. 나는 너무나 늙어서…… 레옹 씨는 너무나 젊고…… 저를 잊어주세요! 당신을 사랑할 사람은 따로 있을 거예요!"

"당신 같은 여자가 있을까요?"

"당신, 정말 어린아이 같아요. 착한 아이 같으니라고!"

그러면서 그녀는 두 사람의 사랑은 불가능하다고, 옛날처럼 남매나 친구처럼 지내야 한다고 말했다.

과연 진심에서 한 말이었을까? 엠마 자신도 알 수 없었다. 그녀는 달콤한 유혹의 매력과 그 유혹으로부터 자신을 지켜야 한다는 생각 사이에서 갈피를 잡지 못하고 있을 뿐이었다. 그가 떨리는 손으로 그녀의 몸을 애무하자 그녀는 다정한 눈길로 그를 바라보며 부드럽게 그 애무를 물리쳤다. 그러자 그가 뒤로 물러나며 "아, 죄송합니다"라고 말했다.

그녀가 시계 쪽으로 몸을 돌리며 말했다.

"어머, 벌써 시간이 이렇게 되었네. 게다가 연극도 새까맣게 잊고 있었네. 우리 보바리 씨가 연극을 보라고 일부러 나를 두고 간 건데……. 그랑 퐁 거리에서 로르모 씨 부부가 나를 극장에 데리고 가기로 약속했는데……."

'만일 그렇게 된다면 기회를 놓치는 셈이로군. 그녀는 내일 돌아가야 하니까.'

레옹이 황급히 말했다.

"부인, 당신을 다시 만나야만 합니다. 정말 심각하고 중요한 일입니다. 안 됩니다. 이대로 떠나시면 절대로 안 됩니다. 제 말 뜻을 모르시겠어요? 짐작도 못하시겠어요?"

엠마는 잠시 망설이더니 말했다.

"그럼…… 안 돼요. 여기서는 안 돼요."

"어디라도 좋습니다."

그녀는 잠시 생각하다가 단숨에 말했다.

"내일 11시, 성당 안에서."

"꼭 가겠습니다."

그는 그녀의 손을 잡았고 그녀는 바로 손을 빼냈다.

그날 밤 엠마는 서기에게 긴 편지를 썼다. 약속을 취소하자는 내용이었다. 그녀는, 이제는 모든 것이 끝났으며 서로의 행복을 위해 다시는 만나서는 안 된다고 썼다. 편지를 봉해놓고 보니 그의 주소를 몰라서 당황했다. 그녀는 내일 만나서 직접 전해주겠다고 생각했다.

다음 날 레옹은 일찍 자리에서 일어났다. 맑게 갠 여름 아침이었다. 그는 제비꽃 다발을 한 묶음 샀다. 그가 여자를 위해서 꽃을 사는 것은 이번이 처음이었다.

그는 성당 안으로 들어갔다. 레옹은 천천히 성당 안을 거닐었다. 성당 입구에 서 있던 안내인이 그에게 다가와 성당을 안내해주겠다고 하자 그는 거절했다.

이제 곧 그녀가 매력적인 모습으로 이곳에 올 것이다. 가슴을 두근거리며 누군가 보는 이 없는지 조심하면서 온갖 화사한 옷차림으로 이곳에 올 것이다.

그러나 그녀는 좀처럼 나타나지 않았다. 그는 의자 한 곳에 앉았다.

그때였다. 드디어 그녀가 나타났다. 레옹은 일어나 그녀 쪽으로 걸음을 재촉했다. 엠마도 빠른 걸음으로 그를 향해 걸어 갔다. 그녀의 얼굴이 창백했다. 그가 그녀의 손을 잡으려 하자 그녀는 "아, 안 돼요"라고 말하더니 그에게 종이를 내밀며 "읽어보세요"라고 말했다.

그녀는 성모 예배당 안으로 들어가 무릎을 꿇더니 기도를 시작했다.

레옹은 짜증이 났지만 기다렸다. 기도하는 그녀의 모습이 매력적이기도 했다. 하지만 기도는 좀처럼 끝나지 않았다.

엠마는 오랫동안 기도했다. 아니다. 기도를 했다기보다는 하늘로부터 갑자기 어떤 결정이 자신에게 내려지기를 기대했다. 하지만 마음속 혼란만 커질 뿐이었다.

레옹은 더 이상 참을 수 없었다. 그는 안내인이 보건 말건 그녀의 손을 잡고 거의 끌다시피 성당 밖으로 나왔다. 그는 성당 앞에서 놀고 있는 어린아이에게 동전 한 닢을 주면서 마차 한

대를 불러달라고 했다. 아이가 마차를 부르러 달려간 사이 둘은 얼굴을 마주 보고 있었다.

"아, 레옹…… 난, 정말 모르겠어요……. 내가 정말……."

그러더니 정색을 하고 말했다.

"이건 정말 옳지 않은 일이에요."

"뭐가 옳지 않다는 거지요? 파리에서는 늘 있는 일인데요."

그 말 한마디가 마치 하느님의 선고처럼 그녀의 마음을 결정하게 만들어버렸다.

이윽고 마차가 왔다.

"어디로 모실까요?"라고 마부가 물었다.

"어디든 당신 좋을 대로." 레옹은 엠마를 마차 안으로 밀어넣으며 말했다.

이윽고 마차가 달리기 시작했다. 마부가 이쯤이면 되겠다 싶어 마차를 세우면 그때마다 안에서 "계속 가요!"라는 외침이 들렸다. 그날 마차는 온 길을 여러 번 되돌아가며 방향도 없이, 목표도 없이 여기저기 헤매고 다녔다. 마부는 도무지 이해할 수 없었다. 도대체 이들은 왜 멈추려고 하지 않는 것일까? 왜 목표도 없이 이렇게 사방을 질주하게 만드는 것일까?

마부는 이후에도 몇 번 마차를 멈추려 했지만 그때마다 멈추지 말라는 호령 소리가 뒤에서 들렸다.

그날 그곳 시민들은 놀라서 눈을 크게 뜰 수밖에 없었다. 블라인드를 내린 마차가 배처럼 흔들리며, 여기저기 계속해서 나타나는 모습, 이곳에서는 좀처럼 보기 힘든 그 모습을 보고 모두 놀랐다. 그리고 누군가가 들판에 서 있다가 여자의 손 하나가 노란 커튼 밖으로 나오는 것을 보았다. 햇빛이 최고조에 달한 한낮이었다. 그 손에는 발기발기 찢은 종잇조각들이 들려 있었고, 종잇조각들은 바람에 날려 클로버 꽃이 지천으로 피어 있는 들판 위로 하늘하늘 나비처럼 나풀거리며 흩어졌다.

6시 경 마차는 보부아진 마을 어느 골목길에 멈춰 섰다. 한 여자가 마차에서 내리더니 베일을 내린 채 뒤도 돌아보지 않고 걸음을 재촉했다.

제2장

　여관에 도착한 보바리 부인은 '제비'가 안 보여서 당황했다. 그녀를 50분 이상 기다리던 이베르가 더 이상 기다릴 수 없어 출발해 버린 것이다. 그녀는 급히 짐을 꾸린 다음 여관 안마당에서 이륜마차를 집어타고 마부를 재촉한 결과 캉캉부아 마을 입구에서 '제비'를 따라잡을 수 있었다.

　그녀가 마을에 도착했을 때 펠리시테가 대장간 앞까지 마중 나와 있었다. 마차를 보자 펠리시테는 황급히 그녀에게 다가오며 말했다.

　"마님, 바로 오메 씨 댁으로 가보세요. 무슨 급한 일이 있나봐요."

　그녀는 마차에서 내려 약국으로 들어갔다. 약국에서는 오메 씨가 몹시 화가 나서 쥐스탱을 심하게 야단치고 있었다. 쥐스탱이 약국에서 사용하는 도구와 물품들을 쟁여놓는 오메 씨의 '자기만의 창고'에 들어갔기 때문이었다. 그곳은 오메에게 단순한 창고가 아니라 일종의 성역이었다. 그는 그곳에서 자신만의 비법으로 온갖 환약과 탕약, 물약을 제조했고 그것들이 그의 명성을 높여주고 있었다. 쥐스탱은 잼을 끓일 냄비를 가져오라는 오메 씨의 분부에 조제실에 걸려 있던 창고 열쇠를 들고 그 안으로 들어갔던 것이다.

엠마가 오메 씨를 보고 말했다.

"제게 무슨 하실 말씀이?"

그러자 오메가 엠마에게 "잠깐만요"라고 말하더니 쥐스탱에게 소리쳤다.

"이놈아, 네가 얼마나 위험한 짓을 했는지 알아? 너 세 번째 선반 구석에서 뭐 본 거 없어? 대답해 봐."

"저는…… 모르겠어요."

"모른다고? 내가 알려줄까? 너, 밀랍으로 봉한 파란 유리병 봤지? 거기 '위험물'이라고 써놓은 거 봤지? 이놈아, 보고도 못 본 척 할 거냐? 이놈아, 거기 뭐가 들어있는지 알기나 하는 거냐? 비소란 말이다. 네놈이 옆에 있는 냄비를 가져오려다 그걸 건드렸으면…… 너, 잘못하다 우리 식구를 모두 독살할 뻔한 거야!"

그가 계속 쥐스탱을 향하여 욕설을 퍼붓자 엠마가 다시 그에게 말했다.

"저를 좀 보자고 하셨다면서요? 무슨 하실 말씀이 있으신지요?"

그러자 오메가 엠마를 보고 말했다.

"아, 네. 이것 참 안 됐습니다. 부인의 시아버님께서 돌아가셨습니다."

보바리 부친은 전전날 저녁 식탁에서 일어나다 갑자기 뇌졸중으로 쓰러졌다. 샤를은 엠마의 마음에 상처를 주지 않겠다는 배려에서 이 끔찍한 소식을 조심스럽게 엠마에게 알려주라고 오메에게 부탁을 해놓았었다. 오메는 온갖 수사학을 다 동원해 멋진 문장을 만들어놓았었지만 너무 화가 나 있어서 모든 걸 다 망쳐버린 것이다.

엠마는 약국을 나와 집으로 갔다. 그녀가 문을 두드리자 그녀를 기다리고 있던 샤를이 팔을 벌리고 그녀에게 다가와 울먹이며 말했다.

"오, 여보, 아버님이…… 아버님이……."

그러면서 그는 그녀에게 입을 맞추려 했다. 그의 입술이 그녀의 입술에 닿자 그녀는 몸서리를 치며 손으로 얼굴을 가렸다. 방금 전 헤어진 남자의 기억이 났던 것이다.

그녀가 그에게 물었다.

"아버님 연세가 얼마나 되셨지요?"

"쉰여덟!"

"아!"

그뿐이었다. 그녀가 아무 말이 없자 샤를은 그녀가 슬퍼서 그런 것이라고 생각했다. 그는 그녀의 마음씨에 감동해서 슬픔을 털어버리려는 듯 그녀에게 물었다.

"어젯밤 어땠어? 재미있었소?"

"네."

엠마는 식탁에 마주 앉은 샤를을 바라보았다. 그를 말없이 바라보고 있자니 아버지를 여읜 남편이 불쌍하다는 생각이 차츰 사라져버렸다. 언제나 변함없이 단조로운 모습이었고, 초라하고 나약한, 한 마디로 한심한 남자로밖에 보이지 않았다. 어떻게 하면 이 남자에게서 벗어날 수 있을까? 이 얼마나 지루하게 길기만 한 밤이란 말인가? 아편 연기처럼 마취성이 강한 그 무언가가 그녀를 마비시켰다.

그다음 날 샤를의 모친이 왔을 때도 그녀는 오열하는 모자(母子)를 무심한 표정으로 바라보고만 있었다. 시어머니와 남편은, 레옹과의 달콤했던 시간들, 단 하나도 놓치고 싶지 않은 세세한 부분들을 되새기는 데 방해가 될 뿐이었다.

그때 뢰뢰 씨가 들어왔다. 그는 속셈이 있어서 온 것이었다. 그는 샤를이 경황이 없는 틈을 타서 샤를이 발행한 어음을 계속 연장해서 잇속을 챙기고 싶었다. 그가 샤를에게 말했다.

"내게 좋은 생각이 있어서 온 겁니다. 어음 연장 건으로 선생님께서 계속 골치를 썩이느니 다른 사람에게 맡기고 신경을 쓰지 않으시는 겁니다. 예를 들어 사모님처럼 똑똑하신 분에게 맡기시는 거지요. 위임장 한 장이면 됩니다. 그런 후 모든 일을 사모님과 제가 알아서 처리하면 되지요."

엠마는 그가 하는 이야기를 알아들을 수 없었다. 샤를은 그녀가 주문했던 물건들 때문에 자신과 뢰뢰 사이에 시비가 붙었던 일을 그녀에게 이야기해주지 않았고 당연히 어음 이야기가 그녀에게는 금시초문이었다. 게다가 그녀는 금전 문제는 아예 생각도 하기 싫었다.

그런 그녀를 뢰뢰가 조종했다. 그녀는 그녀의 상복을 만들 천을 직접 가지고 왔고, 그 뒤 이런 저런 구실을 붙여 자주 그녀를 찾아왔다. 항상 친절하고 상냥했으며 성의를 다 하는 모습이었고 위임장에 대해서 넌지시 말을 흘리기도 했다.

샤를의 모친이 떠나자마자 엠마는 샤를에게 재정 이야기를 꺼냈다. 그녀는 전문 용어를 사용하여 끊임없이 재산 상속에 관한 절차를 과장해서 샤를에게 떠벌였다. 그리고 어느 날 그녀는 일체의 사업을 관리하고 경영하고 모든 차용증서와 어음에 서명하고 이서하는 일, 모든 지불 업무를 총괄적으로 위임한다는 위임장을 남편에게 내보였다. 그 모든 것은 뢰뢰가 다 가르쳐준 것이었다.

어수룩한 샤를은 아내가 너무나 똑똑한 데 경탄을 금치 못하며 위임장 서식이 어디서 났느냐고 물었다.

엠마가 대답했다.

"기요맹 씨에게서 얻었어요. 하지만 그 사람을 너무 믿을 수는 없어요. 공증인이라는 사람들은 언제나 평판이 좋지 않잖아요. 함께 상의해줄 사람이라도 있으면 좋으련만……. 아는 사람이라고는 아무도 없네요."

샤를은 잠시 생각에 잠겨 있더니 그녀에게 말했다.

"혹시 레옹이라면 도와주지 않을까?"

하지만 편지로는 사연을 다 말하기가 쉽지 않다며 엠마는 자

제3부

기가 직접 갔다 오겠다고 말했다. 샤를은 아내가 너무 고생하는 것 같아 만류했지만 그녀는 고집했다.

마침내 그녀가 대단한 희생정신이라도 발휘하듯, "제발 저를 좀 보내주세요"라고 간청하자 그는 "당신은 정말로 좋은 여자이오"라고 말하며 그녀의 이마에 입을 맞추었다.

그 이튿날로 엠마는 '제비'를 타고 루앙으로 갔다. 레옹 씨와 위임장 건을 상담하기 위해서였다. 그녀는 그곳에 사흘간 머물렀다.

제3장

정말로 충만하고 감미로우며 멋들어진 사흘이었다. 진정한 밀월여행 바로 그것이었다.

그들은 항구가 바라보이는 불로뉴호텔에 묵었다. 그들은 창문을 닫고 문을 잠근 채 하루 종일 호텔 방에 머물렀으며 저녁이 되면 뚜껑이 덮인 작은 배를 타고 근처에 있는 섬에 가서 저녁 식사를 했다.

꿈같은 사흘이었다. 하지만 곧 헤어져야 했다. 이별은 언제나 슬픈 법이다. 레옹은 앞으로 자신의 편지를 엠마의 딸 베르트의 유모였던 롤레 아줌마에게 보내기로 했다. 엠마는 레옹에게 이중으로 봉투를 봉하는 법을 자세하게 가르쳐주었고 레옹은 그녀가 이 방면에 대단히 노련한 것을 보고 감탄했다.

"자, 위임장 일도 틀림없이 해줄 수 있겠지?" 그녀가 마지막으로 그에게 입을 맞추며 말했다.

이제 레옹은 동료들을 얕잡아 보고 함께 어울리지도 않았다. 또 소송 서류들은 아예 나 몰라라 하며 지냈다.

그는 편지를 기다렸고 편지를 받으면 읽고 또 읽었다. 그리고 그녀에게 편지를 썼으며 기억력과 욕망을 총동원하여 그녀의 모습을 그리고 또 그려보았다. 그녀와 떨어져 있는 만큼 마음이 멀어지기는커녕 보고 싶은 마음이 더 간절해졌다. 그는 참지 못하고 어느 토요일 아침 사무실을 빠져나와 용빌로 가는 마차에 몸을 실었다.

용빌에 도착하자 그는 그녀 집 근처를 서성거리다가 마침내 결심을 하고 의사 집 초인종을 눌렀다. 샤를은 그를 만난 것을 무척 기뻐했다. 그날 그가 집에 꼼짝도 하지 않고 있었고 다음 날도 종일 집에 붙어 있었기에 레옹은 엠마와 그 집에서 단둘이 만날 수 없었다.

레옹은 엠마와 일요일 저녁이 되어서야 겨우 단둘이 만날 수 있었다. 정원 뒤쪽 오솔길이었으며 그곳은 엠마가 다른 남자를 만나던 곳이었다. 폭풍우가 불고 있었기에 그들은 우산 속에서

번갯불에 비치는 서로의 얼굴을 바라보았다.

그들에게는 헤어진다는 것이 견딜 수 없는 일이었다.

"차라리 죽어버렸으면……" 하고 엠마가 말했다.

그녀는 울면서 그의 팔에 매달렸다.

"안녕…… 안녕……. 아아, 언제 또다시 만날 수 있을까?"

두 사람은 다시 한번 되돌아서서 부둥켜 안으며 입을 맞추었
다. 그녀는 그에게 무슨 수를 써서라도 일주일에 한 번은 만날
수 있는 기회를 만들겠다고 약속했다. 엠마에게는 속셈이 있었
고 자신이 있었다. 밀회에 들 돈도 들어오게 할 방법이 있었다.

때는 초겨울경이었다. 엠마는 갑자기 음악에 열을 내기 시작
했다. 어느 날 저녁 그녀는 피아노 연주를 했고 샤를이 열심히
감상한 후 "브라보!"를 연발했다. 다음 날 샤를이 그녀에게 피
아노를 한 곡 더 연주해달라고 했다. 그런데 연주가 끝나자 샤
를이 어제보다 솜씨가 좀 준 것 같다고 솔직히 말했다. 그녀가
일부러 악보를 무시하고 뒤죽박죽으로 피아노를 친 것이었다.
그녀가 한숨을 내쉬며 말했다.

"아, 이제 다 틀렸어. 레슨을 받지 않으면 더 이상 안 되겠어.
하지만……."

엠마는 샤를의 눈치를 살피며 덧붙였다.

"한 번 레슨에 20프랑이나 하니 너무 비싸요."

샤를은 바보 같은 웃음을 지으며 말했다.

"그래, 정말…… 좀……."

이후 그녀는 다시는 피아노 뚜껑을 열지 않았다. 그리고 보바리가 곁에 있으면 피아노 뚜껑을 어루만지며 한숨을 내쉬었다.

"아, 불쌍해라, 내 피아노."

그리고 집에 손님이라도 찾아오면 자기가 음악을 그만두었다, 계속하고 싶은데 경제 사정이 허락하지 않는다고 푸념을 해댔다. 사람들은 참 안 됐다! 재능이 있는데, 라며 그녀를 동정했고 보바리에게 그런 이야기를 해서 그를 부끄럽게 만들었다. 특히 약제사 오메 씨는 천부적 재능을 썩히는 건 안 될 일이다, 부인이 피아노 공부를 하면 나중에 따님 교육비도 절약할 수 있을 거라며 열을 냈다.

어느 날 샤를은 부인에게 다시 피아노 이야기를 꺼냈다. 그러자 그녀가 날카로운 목소리로 이따위 아무 짝에도 쓸모없는 피아노는 차라리 팔아치우는 게 낫다고 말했다. 아내가 그토록 자랑스러워하던 피아노, 그 가엾은 피아노를 치워버린다는 것은 보바리에게는 마치 그녀의 일부가 자살이라도 하는 것과 같았다. 샤를 보바리가 마침내 말했다.

"정 당신이 원한다면……. 가끔 당신이 레슨을 받는다고 해서 우리 집이 망하는 것도 아니니까……."

그녀는 결국 일주일에 한 번, 루앙으로 가서 애인을 만날 허락을 남편에게서 받아낸 것이다. 그렇게 한 달이 지나자 사람들은 그녀의 연주 솜씨가 많이 늘었다고 칭찬했다.

제4장

그녀는 매주 목요일 루앙에 갔다. 목요일이면 그녀는 아침 일찍 남편이 잠에서 깨기 전에 일어나 화장을 했다.

그날도 그녀는 시계가 7시 15분을 가리킬 때 황금사자여관으로 갔다. 그리고 이베르가 아침 식사를 끝내기를 기다렸다. 엠마는 마치 재촉이라도 하듯이 구두 밑창으로 안뜰 포석을 쾅쾅 굴렀다. 이윽고 이베르가 마부석에 앉자 그녀도 마차에 올랐고 '제비'는 달리기 시작했으며 그녀의 마음은 '제비'보다 더 빨리 달렸다.

도시가 가까워질수록 엠마의 가슴은 한껏 부풀어 올랐다. 마치 그곳에서 숨 쉬고 있는 12만의 영혼들이 지닌 열기가 한꺼번에 그녀에게 실려 오는 것만 같았다. 넓은 공간으로 나아가자 그녀의 사랑은 더욱 커지는 것 같았고, 저 아래 웅성거리는 도시의 소음을 상상하자 그녀의 마음도 더욱 거세게 울렁거렸다.

마차가 멈춰 서자 그녀는 마차에서 내려 어두운 뒷골목으로 들어갔다. 사람들 눈에 띌 것이 두려웠기 때문이었다. 도시는 이제 막 잠에서 깨어나고 있는 중이었다. 어느 길모퉁이를 돌자 그의 모습이 보였다. 모자 아래로 삐죽 나온 곱슬머리를 보고 그녀는 그를 단번에 알아보았다. 레옹은 멈추지 않고 길을 계속 갔다. 그녀는 호텔까지 그의 뒤를 따라갔다. 그가 호텔 계단을 오르더니 방문을 열고 안으로 들어갔다. 그러고는 격렬한 포옹과 입맞춤!

몇 번에 걸친 열렬한 키스가 끝나자 이번에는 그들 입에서 참고 참았던 말들이 쏟아져 나왔다. 일주일 동안 있었던 슬픈 일들, 마음 졸이던 일들, 편지를 기다리며 조바심 내던 일들을 이야기하며 그들은 그들의 사랑을 확인했다. 그러나 곧이어 그들은 모든 것을 다 잊고 서로의 얼굴을 바라보았다. 그들의 얼굴에는 사랑과 육체적 쾌락을 간절하게 원하는 웃음이 떠올라 있었다.

마호가니 나무로 만든 침대는 작은 배 모양이었으며 붉은 비단 커튼이 침대 머리까지 드리워져 있었다. 그녀가 부끄러운 듯 양 손으로 얼굴을 가리고 벗은 두 팔을 모으면 그 붉은 빛을 바탕으로 해서 뚜렷이 드러난 그녀의 갈색 머리칼과 새하얀 피부만큼 아름다운 것은 이 세상에 없었다.

그들은 파도 소리가 은은히 들려오는 이 방이 무척 좋았다. 조금 낡기는 했어도 정감이 넘치는 방이었고 밝은 분위기의 방이었다. 가구들은 늘 같은 곳에 있었고, 때로는 지난 목요일에 그녀가 깜빡 잊고 벽시계 밑에 두고 간 머리핀이 그 자리에 그대로 있을 때도 있었다. 그들은 그곳 벽난로 옆 탁자 앞에 앉아 점심을 들었다. 엠마는 고기를 잘라서 온갖 애교를 다 부리며 레옹의 접시에 담아주었다. 그리고 샴페인이 넘쳐 그녀가 손에 끼고 있는 반지를 적시면 엠마는 까르르 웃으면서 음란기가 담긴 교성을 질러댔다. 그들은 너무나 도취되어 있었기에, 그곳이 자기들 집이라고 착각했고 그들이 영원히 그곳에 함께 살게 될 젊은 부부인 양 행세했다. 그들은 그곳을 우리들의 방이라고 불렀고 그곳의 양탄자를 우리들 양탄자, 그곳의 소파를 우리들 소파라고 불렀다.

레옹은 그녀에게서 그가 상상할 수 있는 온갖 여자를 느끼고 맛보고 있었다. 그만큼 그녀는 변덕이 심했다. 우수에 잠겼다가 금세 쾌활해지는가 하면, 한없이 수다스럽다가도 일순 과묵해졌고, 열정적이었다가 이내 무기력해지기도 했다. 그녀는 모든 소설 속에 등장하는 사랑에 빠진 여자였고, 모든 연극의 여주인공이었으며 모든 시에 등장하는 '그녀'였다.

그녀는 레옹을 '우리 아기'라고 불렀다.

"우리 아기, 날 사랑해?" 대답을 들을 새도 없이 그녀의 입술이 그의 입술과 합쳐졌다. 그러나 이별할 때가 되면 둘은 갑자기 심각해졌다. 둘은 꼼짝도 않고 서서 몇 번이고 되풀이했다.

"다음 목요일! 다음 목요일에⋯⋯!"

그런 후 그녀는 갑자기 양팔로 그의 머리를 감싸 안고 "안녕!"이라는 말을 남긴 채 계단을 뛰어 내려갔다.

집에서 그녀는 남편에게 그 어느 때보다도 더없이 상냥했다. 그에게 피스타치오가 든 크림을 만들어주기도 했고 저녁 식사 후 왈츠 곡을 연주해 주기도 했다. 샤를은 자기가 이 세상에서 제일 행복한 남자라고 생각했다.

그러던 어느 날 밤이었다. 샤를이 갑자기 엠마에게 물었다.

"여보, 당신에게 피아노 레슨 해주는 사람이 랑프뢰르 양이라고 했지?"

"네."

"내가 방금 리에자르 부인 댁에서 우연히 그 여자를 만났어. 그런데 당신 이야기를 했더니 당신을 모른다는 거야."

엠마는 벼락이라도 맞은 듯 놀랐다. 하지만 그녀는 천연덕스럽게 대답했다.

"아, 어쩌면 내 이름을 잊었는지도 몰라요."

그러자 샤를이 마치 엠마를 위기에서 구해주듯이 말했다.

"아니면 루앙에 랑프뢰르라는 이름의 피아노 선생이 여럿인지도 모르지."

그러자 엠마가 재빨리 대답했다.

"어쩌면 그럴지도 몰라요. 아무튼 그 사람한테서 받은 영수증이 있어요. 내가 찾아볼게요."

그 말과 함께 엠마는 책상으로 가더니 온 서랍을 다 열어젖혔다. 그녀가 이 서랍 저 서랍 들쑤시면서 하도 정신없이 굴었기에 보다 못한 샤를이 그깟 영수증 하나 때문에 애를 쓸 필요가 없다며 그녀를 말렸다. 그러자 그녀는 "내가 꼭 찾아내고야 말 거예요"라고 말하며 오히려 분개한 표정을 지었다.

그런데 다음 주 금요일, 샤를은 옷장이 들어 있는 컴컴한 방에서 장화를 신다가 신발과 양말 사이에 종잇조각이 한 장 들어있는 것을 발견하고 읽어보았다.

영수증

3개월분 수업료와 교재비로 일금 65프랑을 정히 영수함

음악교사 펠리시 랑프뢰르

"이게 어쩌다 내 신발 속에 있지?"

"아마 영수증들을 모아 두었던 상자에서 떨어진 모양이에요. 옷장 가장자리에 놓아두었었거든요."

그 순간부터 그녀의 생활은 온통 거짓말 일색이었다. 그녀는 마치 베일로 감싸듯 자신의 사랑을 그 거짓말 속에 감추었다. 거짓이 필수품이 되었고, 버릇이 되었으며, 그 자체 쾌락이 되어, 그녀가 길 오른쪽으로 왔다고 말하면 실제로는 왼쪽으로 왔다고 생각해야만 하는 지경이 되었다.

어느 목요일 아침, 엠마는 여느 때와 마찬가지로 가벼운 옷차림으로 루앙을 향해 떠났다. 그런데 얼마 안 되어 갑자기 눈이 내리기 시작했다. 샤를은 날씨가 나빠지자 창밖을 내다보며 엠마 걱정을 하고 있었다. 그때 그의 눈에 부르니지엥 신부가 '제비'가 아닌 다른 루앙행 이륜마차에 오르는 것이 보였다. 그는 재빨리 두꺼운 숄을 가지고 내려가서 적십자여관에 도착하는 대로 엠마에게 전해달라고 부탁했다. 적십자여관에 들른 신

부가 엠마를 못 만난 것은 물론이고, 요즘 그녀가 그곳에 온 적도 없다는 대답을 여관 안주인에게 들었다.

그날 저녁 '제비' 안에서 보바리 부인을 만난 신부는 그녀에게 넌지시 그 상황을 전했다. 다행히도 신부는 그녀에게 꼬치꼬치 캐묻지는 않았다. 그 다음부터 그녀는 매번 적십자여관 앞에서 마차에서 내려서 일부러 사람들 눈에 띄었다.

그러던 어느 날, 불로뉴호텔에서 레옹의 팔짱을 끼고 나오던 그녀가 그만 뢰뢰와 마주치는 사건이 벌어지고 말았다. 당연히 엠마는 그가 소문을 낼까봐 두려웠다. 하지만 그는 그 정도로 바보는 아니었다.

그런데 사흘 후 뢰뢰가 그녀의 방으로 들어오더니 문을 닫은 다음 단도직입적으로 말했다.

"제가 돈이 좀 필요합니다."

엠마는 지금 줄 수 없다고 잘라 말했다. 그러자 그는 지금 사정이 정말 어렵다며 우는 소리를 했다. 그리고 그동안 자기가 엠마에게 얼마나 잘해주었는지 장황하게 설명했다.

샤를의 재산 관리 위임을 맡으면서 샤를이 서명한 어음도 엠마의 책임이 되었고, 그녀는 그중 한 장밖에 지불하지 않은 상태웠다. 나머지 한 장의 어음은 그녀의 간청에 따라 두 장으로 바꾸고 지불기한을 연장해놓았었다.

엠마는 뢰뢰가 그 어음을 미리 정산하러 온 줄 알고 거절한 것이었다. 그러자 뢰뢰는 그의 호주머니에서 엠마가 값을 지불하지 않고 갓다 쓴 물품 명세서를 꺼냈다. 커튼과 카펫을 갈고, 소파 천 갈이를 위해 갖다 쓴 천에 든 비용, 몇 벌의 드레스와 화장품 대금이 자그마치 2,000프랑이나 되었다.

엠마가 고개를 떨구자 그가 이야기를 계속했다.

"부인이 지금 현금은 안 가지고 있어도 재산은 있지 않은가요?"

그러면서 그는 오말 근처의 바르느빌에 있는 시골집 이야기를 꺼냈다. 다 쓰러져가는 오막살이로서 별 수입도 들어오지 않는 곳이었으며 예전에 샤를의 부친이 팔아치운 농장에 딸려 있던 집이었다. 뢰뢰는 그 집에 딸린 토지가 몇 헥타르인지, 그 이웃이 누구인지 훤히 꿰차고 있었다.

"그걸 팔면 빚을 다 갚을 수 있을 겁니다. 여분의 돈도 좀 마련할 수 있고요. 살 사람은 제가 알아볼 테니 걱정 마시고요. 위임장도 갖고 계시니 아무 문제가 없습니다."

그의 말은 그녀에게 신선하기 그지없는 공기와도 같았다.

다음 주에 그가 찾아오더니 이러 저리 뛰어다닌 덕분에 드

제3부

191

디어 랑글루아라는 임자를 만났으며, 다만 가격이 좀 문제라고 말했다. 그러자 그녀가 선선히 대답했다.

"값은 아무래도 좋아요."

그는 사려는 사람과 흥정을 해보겠다고 하며 밖으로 나갔다. 그런 후 그는 곧장 그녀에게 다시 와서 그 사람이 4,000프랑을 제시하더라고 말했다.

엠마는 뛸 듯이 기뻤다. 뢰뢰가 "솔직히 값을 잘 쳐서 받으신 겁니다"라고 공치사를 했지만 그런 건 아무래도 좋았다.

'뢰뢰에게 물품 대금 2,000프랑을 지불하고도 2,000프랑이 남잖아!'

그 돈으로 실컷 즐길 수 있는 수많은 밀회가 그녀 앞에 저절로 떠올랐다.

뢰뢰는 얼마 지나지 않아 매각 대금의 절반인 2,000프랑을 가지고 그녀에게 왔다. 그녀가 그 돈을 물품 대금으로 지불하려 하자 그가 머뭇거리며 말했다.

"이렇게 많은 외상값을 단번에 받으려니 좀 마음이 내키지 않네요."

"그게…… 그게…… 도대체 무슨 뜻……?" 그녀는 더듬더듬 물었다. 뢰뢰에게 건네준 돈 2,000프랑에서 다시 한번 레옹과의 즐거운 밀회가 떠올랐기 때문이었다.

"자, 이렇게 하지요. 이것도 그냥 어음으로 바꾸고 부인이 챙기십시오. 제가 부인의 살림살이 씀씀이를 모를까봐서요?"

그 말을 하면서 그는 묘한 웃음을 지었다.

그녀가 머뭇머뭇하자 그는 지갑을 열더니 1,000프랑짜리 약속어음 네 장을 책상 위에 늘어놓았다.

"여기 사인하시고 돈은 넣어두시면 되지 않습니까? 제가 바로 현금을 융통해드리는 셈이지요. 지금 어음 할인해서 현금을 챙기시는 셈 치시면 됩니다. 걱정하실 것 없습니다. 6개월 후면 잔금 2,000프랑이 들어올 테니까요."

그녀는 뭐가 뭔지 어안이 벙벙하기만 했다. 하지만 현금 2,000프랑을 지금 당장 손에 쥘 수 있다는 그의 말에 귀가 솔깃했다. 그녀가 그의 뜻대로 하겠다고 하자 그는 지금 당장 어음 네 장을 할인하러 가겠다며 밖으로 나갔다.

잠시 후 돌아온 그가 그녀에게 넘긴 돈은 2,000프랑이 아니라 1,800프랑이었다. 그는 어음을 할인해준 그의 친구 뱅사르가 수수료와 할인료로 200프랑을 제했다고 말했다.

다음 목요일에 호텔 방에서 레옹과 만났을 때 엠마는 너무나 격정적이었다. 그날 밤 그녀는 아예 용빌로 돌아가지 않았다.

샤를은 거의 제정신이 아니었고 어린아이는 사정없이 울어 댔다. 마침내 11시쯤 되자, 샤를은 마차에 말을 맨 후 정신없이 마차를 몰았다. 그는 새벽 2시경 적십자여관에 도착했다. 하지 만 그곳에 아내는 없었다.

'혹시 레옹이라면 알지도 몰라'라고 그는 생각했다. 다행히 그는 레옹이 일하는 사무실 주소를 기억하고 있었다. 날이 새 자 그는 곧장 여관을 나서서 레옹이 일하는 공증인 사무실까지 갔다. 샤를은 닫혀 있는 창의 덧문을 사정없이 쾅쾅 두드렸다. 그런데 순경이 지나가다가 미심쩍은 눈으로 그를 바라보자 얼 른 그곳을 떠났다.

그에게 좋은 생각이 떠올랐다. 그는 카페로 들어가 공용주 소록을 뒤져 랑프뢰르 양의 이름을 찾아냈다. 그녀는 마로키에 가(街) 7번지에 살고 있었다.

그가 막 그 거리에 들어섰을 때였다. 엠마가 마침 거리 저쪽 끝에서 나타났다. 그는 그녀에게 달려가 힘껏 껴안으며 마치 부르짖듯이 물었다.

"어제 왜 못 돌아온 거요?"

"몸이 아팠어요."

"어디가? 어디서? 왜?"

"랑프뢰르 양 집에서요."

"그렇지 않아도 그 집으로 찾아가는 중이었소."

엠마의 등줄기에 식은땀이 흘렀다.

"아휴, 왜 이렇게 소란을 떠는 거예요? 조금 늦어진다고 이렇게 난리를 치면 내가 너무 힘들잖아요."

그렇게 말함으로써 그녀는 커다란 소득을 얻을 수 있었다. 언제나 마음대로 외출할 수 있는 자유를 획득한 것이다. 그녀는 그 소중한 자유를 한껏 이용했다. 언제라도 레옹을 만나고 싶으면 그녀는 구실을 만들어 루앙으로 떠났고, 샤를은 아무 말도 하지 못했다. 레옹과 약속이 되어 있지 않은 날 그녀는 루앙으로 가면 곧바로 그의 사무실로 갔다. 레옹은 못마땅해 하는 상사의 눈치를 보며 슬그머니 사무실에서 빠져 나오곤 했다.

이제 엠마는 더 이상 거칠 것이 없어진 것 같았다. 그녀는 레옹에게 루이 13세의 초상화에서처럼 턱에 뾰족한 수염을 기르라고 했다. 그의 하숙집에 함께 가보자고도 했으며 너무 초라하다고 혀를 끌끌 차기도 했다.

레옹은 그녀를 만날 때마다 그녀와 만나지 않는 동안 자신이 어떻게 지냈는지 시시콜콜 보고해야만 했다. 어떤 때는 자신을 위해 멋진 연애시를 써 달라고도 했다. 그는 시집에서 한 편을 베껴서 줄 수밖에 없었다.

그는 그녀의 생각에 아무런 토도 달지 않았고 그녀의 모든 취미와 변덕을 받아들였다. 엠마가 레옹의 정부가 아니라 레옹이 엠마의 정부였다. 그녀의 상냥한 말투와 달콤한 입맞춤은 그의 얼을 반쯤 빼놓았다. 그녀는 도대체 어디서 배운 것일까? 너무나도 속 깊고 은밀해서 거의 비물질적으로 느껴지는 이 깊디깊은 퇴폐를!

제5장

엠마는 오로지 자신의 정열에만 몰입해서 지내게 되었다. 그녀는 마치 자신이 큰 귀족이 된 것처럼 돈 걱정은 전혀 하지 않았다.

그러던 어느 날이었다. 붉은 얼굴에 행색도 초라한 사람이 그녀를 찾아왔다. 그는 루앙의 뱅사르 씨가 보내서 왔다며 서류 한 장을 그녀에게 정중하게 내밀었다.

'뱅사르? 뱅사르?'

잠시 후 그녀에게 생각이 났다. 뢰뢰가 자신의 친구라며 어음 할인을 해준다는 사람이었다. 그가 내민 것은 그녀가 사인 해준 1,000프랑짜리 어음이었다. 뢰뢰는 절대로 어음을 돌리지 않겠다고 철석같이 약속해놓고 그 약속을 어긴 것이었다.

그는 곧바로 뢰뢰에게 하녀를 보냈다. 하지만 그는 일이 있어서 올 수 없다는 전갈만 보냈을 뿐이었다. 엠마는 심부름꾼에게 한 주만 기다려달라고 말한 후 그를 되돌려 보냈다.

그러나 그녀가 다음 날 받은 것은 어음 지불 거절 증서뿐이었다. 인지가 붙어 있는 증서에는 '뷔시의 집달리 아랑'이라는 큰 글씨가 여러 군데 쓰여 있었다. 그녀는 겁이 더럭 났다. 그 길로 그는 황급히 뢰뢰의 가게로 달려갔다.

그녀를 본 뢰뢰가 물었다.

"무슨 일이신가요?"

그는 그녀에게 물으면서 그녀를 2층의 작은 방으로 인도했다. 뢰뢰는 소파에 몸을 묻으며 다시 물었다.

"자, 무슨 일이신지요?"

그녀는 서류를 보여주었다. 그러자 그가 딴청을 했다.

"저보고 뭘 어떻게 하란 말씀인지요?"

그녀는 어음을 돌리지 않겠다고 약속하지 않았느냐고 화를 버럭 냈다. 그는 순순히 인정하더니 덧붙였다.

"하지만 나도 어쩔 수 없었습니다. 내 코가 석자니……."

"그럼 앞으로 어떻게 되는 거예요?"

"뭐, 뻔하지요. 법정에서 판결이 날 거고 그 다음에는 압류.

제길!"

엠마는 한 대 갈기고 싶은 것을 겨우 참았다. 그러고는 뱅사르 씨를 달랠 길은 없느냐고 물었다.

그러자 그가 말했다.

"뱅사르를 달랜다? 그 사람을 몰라서 하시는 말씀이십니다. 얼마나 지독한 사람인데요."

엠마는 그래도 뢰뢰 씨가 어떻게라도 해주셔야 하지 않겠느냐고 말하자 그가 그녀의 말을 받았다.

"자, 들어보세요. 저는 지금까지 부인에게 꽤 잘해주었다고 생각하는데요."

그 말을 하면서 그는 장부를 하나 펼쳐들더니 한 장 한 장 넘기면서 말했다.

"자, 보세요. 8월 3일, 200프랑, 7월 17일, 150프랑, 3월 23일, 46프랑, 그리고 4월……."

그는 무슨 실수나 저지르는 것처럼 난처한 표정을 짓더니 말을 이었다.

"남편께서 서명하신 700프랑짜리 어음과 300프랑짜리 어음은 차치하고도 그렇습니다. 게다가 부인의 다른 외상값들과 이자까지 합하면…… 골치가 아파서 계산도 힘듭니다."

제3부

199

엠마는 거의 울다시피 매달렸다. 하지만 그는 자신의 수중에는 돈이 한 푼도 없다며 뱅사르 탓만 했다. 그러자 그녀가 말했다.

"아아, 바른느빌의 집 잔금이 들어오기만 해도……."

그러자 뢰뢰가 깜짝 놀란 척하며 부드러운 목소리로 말했다.

"그러면 어떻게 하는 게 좋을지……."

"당신이 하자는 대로 하겠어요."

그러더니 그는 눈을 감고 잠시 생각하는 척하더니 어음 종이 몇 장을 꺼내 거기에 숫자를 적었다. 그는 이러면 안 되는데, 뱅사르가 말을 들어줘야 하는데, 정말 위험천만한 일이며 피를 말리는 것 같은데 등등이라고 툴툴 거리며, 한 달 간격으로 된 250프랑짜리 어음 네 장에 서명을 하게 했다.

그녀가 겨우 한숨을 내쉬고 돌아가려고 하자 그가 그녀를 불러 세우더니, 최근 어느 경매에서 어렵게 구한 물건이라며 3자 정도 되는 레이스를 보여주었다.

"참 좋은 물건이지요? 요즘 소파 등받이로 많이들 쓰고 있습니다. 크게 유행하고 있지요."

그러더니 그는 재빠르게 파란 종이에 레이스를 싸서 엠마의 손에 들려주었다.

"하지만 값이라도 알아야……."

"아, 그건 아무래도 좋습니다. 내가 다 알아서 하지요."

그날 밤 엠마는 샤를에게 졸라서 유산 전부를 보내달라고 어머니에게 편지를 쓰게 했다. 어머니는 이제 남은 것은 하나도 없다, 모든 계산은 끝났으며 바른느빌의 집과 연금 600프랑만이 남았을 뿐이라고, 그 돈은 꼬박꼬박 보내주겠다고 답장을 보내왔다.

엠마는 궁리 끝에 두세 명의 환자에게 청구서를 보냈고 그 방법이 성공하자 자주 써먹었다. 그녀는 청구서를 보내면서 "남편에게는 비밀로 해주셨으면⋯⋯. 남편은 자존심이 강한 분이거든요. 정말 감사합니다"라고 쓴 쪽지를 덧붙였다. 몇몇 사람이 왜 이렇게 빨리 치료비를 달라고 하느냐고 항의 편지를 보냈지만 그녀가 그 편지들을 중간에서 가로채버렸다.

그녀는 이제 돈이 될 만한 짓은 무엇이든 했다. 낡은 장갑, 모자, 기타 폐품들을 팔았으며 시내에 나갈 때는 뢰뢰에게 팔만한 물건이 있는지 눈독을 들여 마구 사들였다. 타조 날개, 중국 자기, 낡은 궤짝 따위를 사들였고 그 돈을 마련하기 위해 펠리시테, 르프랑수아 부인, 적십자여관 안주인 등, 주변의 아는 사람 거의 모두에게서 돈을 꾸었다.

마침내 바른느빌에서 잔금이 들어왔다. 그녀는 어음 두 장을 갚았다. 하지만 나머지 1,500프랑은 흔적도 없이 흐지부지 사라져버렸다. 그녀는 또 빚을 질 수밖에 없었고, 어음을 새로 쓸 수밖에 없었으며, 노상 그 모양 그 꼴이었다.

물론 그녀도 가끔 자신의 빚이 얼마인지 계산을 해보려고도 했다. 하지만 도저히 믿을 수 없을 만큼 어마어마했다. 게다가 도중에 계산이 헷갈려서 그냥 될 대로 되라는 식으로 내팽개쳐 버렸다.

당연히 집 안은 엉망진창이었다. 동네 상인들이 그 집에 들렀다가 잔뜩 화가 난 채 나오는 모습을 자주 볼 수 있었으며, 어린 베르트가 구멍 뚫린 양말을 신고 있는 것을 보고 오메 부인이 기겁을 하기도 했다. 때때로 샤를이 눈치를 봐가며 잔소리라도 하면 그녀는 자기 잘못이 아니라고 거칠게 쏘아붙였다.

밀회만이 그녀의 축제였다. 그녀는 그날만이라도 모든 것을 화려하게 보내고 싶었다. 그녀는 레옹의 힘으로는 대기 어려운 비용을 모두 자신이 지불했다. 레옹이 좀 더 값이 싼 호텔에서 만나자고 해도 그녀는 막무가내였다.

그러던 어느 날이었다. 엠마가 손가방에서 은도금 숟가락 여섯 개를 꺼내더니 그에게 주면서 전당포에 맡겨달라고 했다.

그녀의 아버지 루오 영감이 준 결혼 선물이었다. 레옹은 체면 때문에 그런 심부름을 하기 싫었지만 어쩔 수 없이 그녀가 시키는 대로 했다. 그러면서 요즘 그녀의 행동이 뭔가 이상해졌다고 생각했다. 그리고 그녀와 헤어지라는 주변 사람들의 말에 일리가 있다는 생각이 들기 시작했다.

실제로 얼마 전에 누군가가 그의 어머니에게 익명의 편지를 보낸 일이 있었다. 그가 유부녀 때문에 신세를 망치고 있다는 고자질 편지였다. 그의 어머니는 머리에 세이렌 같은 요부와 괴물 등을 떠올리며 레옹의 상사인 뒤보카주 씨에게 편지를 썼다. 그러자 뒤보카주 씨가 레옹을 붙잡고 한 시간 가까이 훈계를 했다.

레옹은 이제 다시는 엠마를 만나지 않겠다고 속으로 맹세했다. 그러고는 그 맹세를 지키지 못하는 자신을 탓했다. 그는 곧 수석 서기가 될 참이었고, 그녀만이 차지하고 있던 마음속 자리에 자신의 화려한 미래가 들어오기 시작했다. 그러자 그는 사랑의 열정에서 조금씩 벗어나 자못 진지해졌다. 그러자 자신의 가슴에 안겨 갑자기 울음을 터뜨리는 엠마가 귀찮게 생각되기 시작했다. 그리고 그의 마음은 이미 그 미묘한 사랑의 맛을 음미할 줄 모르게 되어버렸다.

제3부

사실 그것은 엠마도 마찬가지였다. 두 사람이 서로 잘 알게 되면 될수록 놀라움과 경이가 줄어들었고, 당연히 상대방을 소유했다는 기쁨도 줄어들었다. 그가 그녀에게서 피로감을 느꼈듯이 그녀는 그에게서 싫증을 느꼈다. 엠마는 이 간통 관계에서도, 결혼 생활이 갖다주는 온갖 따분함과 진부함이 그대로 되풀이된다고 느꼈다.

하지만 어떻게 그만둘 수 있단 말인가! 그녀는 그렇게 타락하고 저속한 행복을 되풀이해야 한다는 사실에 굴욕감을 느꼈다. 하지만 습관 때문에, 혹은 엠마 자신이 이미 타락해 있었기에 여전히 그 관계에 매달렸다. 그녀는 갈수록 그 관계에 악착같이 집착했으며, 그러면서 보다 큰 미지의 행복을 늘 그리고 있었기에 현재는 조금도 행복하지 않았다. 그리고 기대에 어긋나기만 하는 그들의 관계에 대해 늘 레옹 탓을 했고 마치 그가 배신이라도 한 것처럼 그를 원망했다. 하지만 그녀에게는 헤어질 용기가 없었다. 그녀는 무슨 파국이라도 찾아와서 자연스럽게 그들을 헤어질 수 있게 되기를 바라기까지 했다.

사순절 기간 중 세 번째 목요일이었다. 그녀는 용빌로 돌아가지 않고 밤에 열리는 가면무도회에 갔다가 아침이 되어서야 용빌로 돌아왔다. 집에 들어가자 펠리시테가 그녀에게 회색 서류 하나를 내밀었다. 그녀가 그것을 읽었다.

판결 집행문의 등본에 의거하여

판결이라니? 무슨 판결이란 말인가? 그녀는 다음 문구를 읽고 놀랐다.

국왕과 법률과 법정의 이름으로 보바리 부인에게 명하노니, 24시간 내로 총액 8,000프랑을 지불할 것.

그리고 그 아래쪽에는 이런 문장이 들어있었다.

미지불 시 모든 가구 및 의류에 대한 강제 압류 등, 모든 법적인 조치가 있을 것임.

아아, 24시간 내에? 이걸 어쩌란 말인가? 그녀는 이 모든 것이 뢰뢰의 술책임을 단번에 간파했다. 그런데 8,000프랑이나? 너무 터무니없는 액수였다.

하지만 값도 치르지 않은 채 이런저런 물건들을 사들이고, 돈을 빌리고, 어음을 발행하고, 지불 기일을 연기하면서 이자를 덧붙이고 하다 보니 그럴 때마다 금액이 눈덩이처럼 불어났고 결국 뢰뢰에게 한 밑천 만들어주게 된 것이었다.

그녀는 즉시 뢰뢰를 찾아갔다. 그녀가 말했다.

"내가 무슨 일로 찾아왔는지 아시겠지요? 장난이 지나치신 거 아닌가요?"

"장난이 아닙니다."

"아니라고요?"

"부인, 제가 언제까지 아무 대가도 없이 부인에게 물건을 대 줄 줄 알았나요? 저도 돈을 받아야 할 것 아닙니까?"

"하지만 너무 터무니없는 액수잖아요!"

"터무니없다니요? 법원이 인정한 건데요. 판결이 그렇게 났다니까요."

그녀는 체면이고 뭐고 없이 애걸복걸을 했다. 하지만 요지부 동이었다.

그녀는 울음을 터뜨렸다. 그러자 뢰뢰가 말했다.

"울어봤자 아무 소용없습니다."

"아아, 이제 어떻게 하면 좋지요?"

"그걸 내가 어떻게 압니까?"

그 말과 함께 그는 문을 쾅 닫아버렸다.

제6장

이튿날 집달리 아랑이 압류 조서를 꾸미기 위해 두 명의 조수를 대동하고 그녀의 집에 나타났다. 그때까지만 해도 그녀는 의연했다.

그들은 우선 샤를 보바리의 진찰실부터 시작했다. 그들은 골상학용 두개골은 직업에 필요한 용구로 간주하여 목록에서 제외했다. 그러나 주방에 있는 모든 그릇과 냄비를 비롯해, 의자, 촛대, 침대 위의 온갖 잡동사니들도 일일이 세어 기록했다. 그리고 그녀의 옷장, 속옷도 일일이 조사했다. 그녀의 가장 은밀한 부분까지 세 남자의 눈앞에 속속들이 까발려졌다.

일을 끝낸 그들은 압류 물품 감시인 한 명을 남겨놓고 떠났다. 그때 펠리시테가 황급히 들어와서 샤를 보바리가 집 쪽으로 오고 있다고 엠마에게 말했다. 엠마가 그녀에게 남편이 오는지 망을 보라고 했던 것이었다. 엠마는 감시인을 황급히 다락으로 올려 보내며 제발 그곳에서 꼼짝 말고 있어달라고 간청했다. 그렇게 해서 그날은 겨우 무사히 넘어갈 수 있었다.

다음 날은 일요일이었다. 그녀는 아침 일찍 루앙으로 갔다. 그녀는 안면이 있는 모든 금융업자들을 찾아가 꼭 갚겠다며 다짜고짜 돈을 요구했다. 하지만 대부분은 대놓고 코웃음을 쳤고 그렇지 않은 사람도 모두 그녀의 청을 거절했다.

오후 2시에 그녀는 레옹의 집을 찾아가 문을 두드렸다. 그는 한참만에야 밖으로 나왔다. 그들은 불로뉴호텔의 자기들 방으로 갔다.

방으로 들어가자마자 그녀가 그의 손을 잡고 말했다.

"레옹, 부탁이 있어. 내가 당장 8,000프랑이 필요해."

"8,000프랑이요? 미쳤어요?"

"아니, 아직은 안 미쳤어."

그녀는 그에게 압류 이야기를 해주었다. 남편 샤를은 아직 아무것도 모르고 있으며 시어머니는 자신을 미워하기에 이야기도 꺼낼 수 없다, 아버지 루오 영감은 아무것도 해줄 수 없는 처지라고 이야기한 후, 레옹 당신이 이리저리 애써보면 그 돈을 구할 수 있지 않겠느냐고 그녀는 말했다. 그녀는 레옹이 빚 보증만 서준다면 가능하지 않겠느냐고 통사정을 했다.

레옹은 마지못해 밖으로 나갔다. 그리고 한 시간 만에 돌아와 심각한 얼굴로 말했다.

"세 군데 들러 보았는데…… 다 소용 없었어요."

그러자 엠마가 대담한 눈길로 그를 쳐다보았다.

"내가 당신이라면 무슨 수를 써서라도 구할 수 있었을 거야. 예를 들면 당신 사무실……."

레옹은 자신을 범죄자가 되라고 유혹하는 여자에게서 겁이 더럭 났다. 그는 어쨌든 이 자리에서 빠져나가고 싶었다. 그가 그녀에게 말했다.

"모렐이 오늘 밤에 돌아와요. 부자니까, 그 친구라면 어떻게 해줄 거예요."

하지만 엠마는 그의 예상만큼 반가워하지 않는 것 같았다. 거짓말인 걸 안 걸까? 그는 얼굴을 붉히며 그녀의 손을 잡았다.

"내일 3시까지 내가 오지 않으면 단념하세요. 자, 이제 그만 가봐야겠어요. 그럼 이만, 안녕!"

다음 날 시계가 4시를 알릴 때까지 레옹은 나타나지 않았다. 그녀는 용빌로 돌아가기 위해 호텔을 나섰다. 그녀는 마치 아무런 의식이 없는 자동인형처럼 습관에 따라 용빌로 돌아왔다. 집에 도착했을 때는 정신이 몽롱해서 거의 반수면 상태였다.

그녀는 '될 대로 되라지!'라고 속으로 중얼거리며 자리에 누웠다.

'무슨 변란이라도 일어나지 말란 법이 없지. 뢰뢰가 갑자기 죽을지 알 게 뭐야.'

이튿날 아침 9시, 그녀는 광장에서 사람들이 웅성거리는 소리에 잠에서 깨어났다. 사람들이 시장 주변에 모여 집 기둥에 붙어 있는 커다란 벽보를 보고 있었다.

그때 펠리시테가 집으로 뛰어 들어오며 소리쳤다.

"마님, 마님, 큰일 났어요!"

펠리시테의 손에는 문에서 떼어낸 노란 종이를 내밀었다. 엠마는 한 눈으로 그 내용을 읽었다. 자기 집 동산 전체가 경매에 붙여졌음을 알리는 종이였다.

그녀는 눈앞이 캄캄했다. 머리에 온갖 사람들 이름이 다 떠올랐다. 그러나 그 누구도 그녀를 이 곤경에서 구해줄 만한 사람은 없었다. 이제 샤를이 돌아오면 이렇게 말할 수밖에 없으리라.

"물러나세요. 당신이 밟고 있는 카펫은 이제 당신 것이 아니에요. 당신 집에 있는 의자 하나, 바늘 하나, 지푸라기 하나도 이제 당신 게 아니에요. 가엾은 양반, 내가 당신을 파산시켰어요."

그러고 나면 내게서 한바탕 울음이 터져 나오겠지. 그러면 그도 따라 울 거야. 그는 울고 난 다음에 나를 용서해줄 거야.

남편이 자기를 용서해주리라는 생각을 하자 그녀는 화가 치밀었다. 아니, 그가 나를 용서해? 그녀는 샤를 보바리가 자기보다 우월한 입장에 처하게 된다는 것을 참을 수가 없었던 것이다. 그녀는 다시 한번 뢰뢰에게 찾아가 사정해보고 싶었다. 하지만 소용이 없을 게 뻔했다. 아버지에게 편지를 쓴들 이미 때가 늦었다. 그때 뒷길에서 말발굽 소리가 들렸다. 샤를이었다. 그가 문을 여는 게 보였다. 얼굴이 백랍처럼 창백했다.

그녀는 급히 계단을 내려가 남편 몰래 밖으로 나왔다. 그녀는 무작정 베르트의 유모 롤레 어멈의 집으로 향했다. 아무도 없는 곳에서 엉엉 울고 싶었던 것이다.

그때였다. 돌연 그녀가 자신의 머리를 쳤다.

'그래, 내가 왜 그 사람 생각을 못한 거지? 그래 로돌프에게 가보는 거야!'

그녀에게 그는 정말 친절하고 자상했으며 너그러운 남자였다! 그리고 행동으로 그에게 옛 사랑, 그토록 다정했던 시절을 상기시킨다면 그는 선뜻 돈을 내줄 것이다. 그녀는 자신이 매춘의 길로 자진해서 뛰어들고 있다는 생각은 조금도 하지 않은 채 곧장 라위세트를 향해 발걸음을 옮겼다.

제7장

그녀가 걸어감에 따라 낯익은 풍경들이 나타났고 드디어 익숙한 저택이 보였다. 그녀는 그와 처음 사랑을 시작할 때의 온갖 감정이 되살아나는 것을 느꼈다.

그녀는 전에 그랬듯이 정원에 나 있는 작은 문으로 들어가 현관 앞에 이르렀다. 문은 열려 있었다. 그녀는 안으로 들어가 곧장 계단을 올라갔다. 이어서 복도가 나타났고 여관이나 수도원처럼 몇 개의 방들이 줄지어 있었다. 그의 방은 왼쪽 끝에 있었다.

그녀는 문손잡이를 잡았다. 온몸에서 힘이 쭉 빠졌다. 그가 방에 없을까봐 두려웠으면서 동시에 그가 없기를 바라기도 했다. 하지만 그는 그녀의 마지막 희망이자 구원이었다. 그녀는 숨을 크게 들이마신 후 용기를 그러모아 안으로 들어갔다.

그는 그 방에 있었다. 그는 벽난로 앞에, 두 발을 난로 틀 위에 올려놓은 자세로 앉아 있었다. 그는 그녀를 보자 자리에서 벌떡 일어나며 말했다.

"아니, 이게 누구신가? 당신이 여길 어떻게!"

"그래요, 나예요, 엠마. 로돌프, 당신과 의논할 일이 있어요."

하지만 그뿐, 아무리 용을 써도 더 이상 입을 열 수가 없었다.

"하나도 변하지 않았군요. 여전히 매력적입니다."

그녀는 쓰디쓴 표정으로 대답했다.

"보잘 것 없는 매력이지요. 당신에게 버림이나 받고……."

그는 자기가 한 행동에 대해 횡설수설 변명했다. 그녀는 그의 말을 믿는 척했다. 아니, 어쩌면 진짜로 믿었는지도 모른다. 어쨌든 그녀는 그의 말과, 그의 모습에 어느 정도 기운을 차렸다. 그녀가 다시 말했다.

"어쨌든 저는 정말 힘들었어요."

그녀는 그의 손을 잡았다.

"당신 없이 살라고 하다니! 어떻게 그런 생각을 했어요? 저는 절망해서 죽는 줄 알았어요. 당신은 지금도 여러 여자들과 사귀고 있겠지요? 하지만 우리 다시 시작해요. 좋지요? 우리

다시 사랑하기로 해요. 자, 뭐라고 말 좀 해봐요."

그녀의 눈가에 눈물이 맺혔다가 떨어졌다. 마치 비가 그친 후 푸른 꽃받침에 맺혀 있는 물방울처럼 영롱했다. 로돌프는 그 모습이 너무 고혹적이라고 생각했다.

그는 그녀를 자신의 무릎 위에 앉히고 손등으로 그녀의 부드러운 머리칼을 쓰다듬었다. 저녁노을의 마지막 햇살이 그녀의 머리 위에서 마치 금빛 화살처럼 아롱거렸다. 그녀가 고개를 숙였다. 그러자 로돌프가 그녀의 눈꺼풀 위에 입술을 갖다 대었다.

"당신, 울고 있군. 왜 그러지?"

그의 말에 그녀는 울음을 터뜨렸다. 로돌프는 자신을 향한 그녀의 사랑이 폭발한 것이라고 생각했다. 그녀가 가만히 있자 그는 부끄러움 때문에 그런다고 생각하고 큰 소리로 외쳤다.

"그래, 날 용서해줘요. 내가 진정으로 좋아하는 여자는 당신뿐이오! 내가 바보였어! 내가 나빴어! 난 당신을 사랑해! 영원히 사랑할 거야! 자, 무슨 일인지 말해봐요."

그는 그녀 앞에 무릎을 꿇었다.

"아아, 저는…… 저는…… 파산했어요. 로돌프, 3,000프랑만 빌려주세요."

그녀는 3,000프랑만 있으면 뢰뢰에게 사정해 압류를 막을 수 있을 것 같았다.

그는 심각한 표정으로 일어나며 말했다.

"하지만…… 하지만……."

그녀가 다시 말을 이었다.

"있잖아요. 남편이 모든 재산을 공증인에게 맡겼어요. 그런데 그자가 달아나고 말았어요. 급한 김에 돈을 이리저리 빌렸는데 갚을 날짜는 다가오고 환자들이 치료비를 안 주고 있어요. 아직 정리 안 된 유산이 있으니 얼마 안 있어 다 해결할 수 있을 거예요. 재산 압류를 막으려면 오늘 당장 3,000프랑이 필요해요. 지금 이 순간에 집달리들이 들이닥칠지도 몰라요. 당신의 우정과 사랑을 믿고 이렇게 온 거예요."

로돌프의 얼굴이 창백해졌다. 그는 속으로 생각했다.

'결국 그 때문에 내게 찾아온 거로군. 내가 헛바람을 켰어.'

이윽고 그가 침착한 어조로 말했다.

"부인, 제게는 지금 그만한 돈이 없습니다."

그는 거짓말을 한 것이 아니었다. 그는 정말로 그만한 돈이 없었다. 그는 선행을 베푸는 것을 별로 좋게 생각하고 있지 않았지만 만일 수중에 그만한 돈이 있었다면 틀림없이 내주었을 것이다. 어쨌든 사랑하는 사이에 돈을 요구한다는 것은 사랑 위에 덮치는 온갖 돌풍 중에서도 가장 차갑고 강력해서 그 사랑을 뿌리째 뽑아버리는 짓이었다.

그녀는 잠시 그를 빤히 쳐다보았다.

"돈이 없다고요!"

그녀는 몇 번이고 그 말을 되풀이했다.

"돈이 없다고! 이렇게 수치스러운 일은 피했어야만 했는데……. 당신은 나를 사랑한 적이 없어요. 당신도 다른 남자들과 다를 바 없군요."

그녀는 드디어 자제력을 잃었다.

"돈이 없으시다! 참 안 됐네요. 총의 개머리판을 은으로 장식하고 있는 가난한 분이로군요. 정말 가난한 사람이라면 거북껍질을 박은 고급 시계도 못 샀을걸요. 정말 없는 게 없군요. 당신은 자기만 아는 사람이에요. 돈 없이 참 잘 살고 있네요. 저택에, 농장에, 말을 타고 사냥하면서, 여행도 가고……."

그녀는 벽난로 위에서 커프스단추를 집어 들더니 그걸 사정없이 집어 던지며 마구 떠들어댔다.

"나 같으면 당신에게 뭐든 다 해줬을걸! 뭐든 다 팔고 내 손으로 일도 하고 길거리에서 동냥이라도 했을걸요. 단 한 번의 당신의 미소, 단 한 번의 당신의 다정한 눈길을 받기 위해서! 그런데 당신은 그렇게 의자에 떡하니 버티고 앉아서 돈이 없다, 돈이 없다고 말하고 있군요. 아아, 바로 조금 전까지도 나를 사랑한다고 말했으면서……. 전에도 당신은 바로 이 카펫 위에서 무릎 꿇고 똑같이 말했었지요. 아, 난 당신을 믿었어요. 그리고 얼마나 행복했는데……. 그리고 우리들의 여행 계획! 당신도 다 기억하지요? 그리고 내 가슴을 찢어놓은 당신의 그 편지! 그렇게 내게 상처를 준 사람이, 내가 이렇게 돌아오니까, 온 마음을 다해 도움을 요청하니까, 돈 많고 행복한 그 사람이 단돈 3,000프랑을 거절하는군요."

"내게는 그만한 돈이 없습니다."

완전히 침착함을 되찾은 로돌프가 조용히 말했다.

엠마는 밖으로 나왔다. 벽들이 흔들리고 천장이 그녀를 내리누르는 것 같았다. 그녀는 밖으로 나와 멍하니 서 있었다. 고동치는 맥박 소리 외에는 아무것도 들리지 않았다. 엠마는 자신의 고동 소리가 몸에서 빠져나가 마치 음악처럼 온 들판에 귀청 떨어질 정도로 크게 울리는 것만 같았다. 땅바닥이 발밑에서 출렁거리고 있었고, 눈앞의 밭이랑은 마치 파도처럼 언제고 자신을 덮칠 것만 같았다.

　그녀의 머릿속에 들어 있던 모든 생각들이 단번에 폭발하듯 쏟아져 나왔다. 아버지가 보였고 뢰뢰의 모습이 보였으며 루앙에 있는 레옹과의 보금자리들과 함께 온갖 풍경이 그녀의 눈앞에 펼쳐졌다. 그녀는 미쳐버릴 것만 같았다. 그녀는 간신히 정신을 차렸다.

　날이 저물어가고 있었으며 까마귀들이 몇 마리 날아다니고 있었다. 정신을 어느 정도 차리자 그녀가 지금 처해 있는 상황이 저 아득한 심연처럼 입을 벌리고 있었다. 그녀는 숨이 차서 가슴이 터질 것만 같았다. 그러자 갑자기 그 어떤 영웅적 격정이 그녀를 찾아왔다. 그녀는 거의 황홀한 심정으로 언덕을 뛰어 내려가 널빤지 다리를 건넌 후, 가로수 길과 시장을 지나 약국 앞에 도달했다.

　약국에는 아무도 없었다. 그녀는 약국 뒤로 돌아가 숨을 죽이고 벽을 더듬으며 부엌까지 갔다. 부엌에는 쥐스탱이 있었다. 그녀의 얼굴을 보고 그는 깜짝 놀랐다. 어둠을 배경으로 떠오른 그녀의 얼굴이 너무나 무섭게 창백했기 때문이었다.

　그녀가 부드러운 목소리로 낮게 말했다.

　"쥐스탱, 열쇠가 필요해. 내게 열쇠 좀 줄래? 쥐들이 시끄러워서 좀 잡으려고."

"주인어른께 여쭤보고요."

"아니, 그럴 필요 없어. 내가 나중에 직접 말씀드릴게."

쥐스탱은 미심쩍었지만 왠지 거역하기가 어려웠다. 그는 엠마에게 열쇠 뭉치를 건네주었다.

창고 문이 열렸다. 쥐스탱이 뒤따라왔다. 그녀는 곧바로 세 번째 선반으로 다가갔다. 그녀는 전에 오메 씨에게 쥐스탱이 야단맞을 때의 일을 또렷이 기억하고 있었다. 그녀는 파란 약병을 움켜쥐더니 마개를 열고 손을 집어넣어 그 안의 가루를 한 움큼 움켜쥐었다. 그러고는 그 가루를 재빨리 입에 털어 넣었다. 순식간에 벌어진 일이었다.

쥐스탱이 "안 돼요!"하는 소리와 함께 그녀에게 달려들자 그녀가 말했다.

"조용히 해. 아무도 알면 안 돼. 아무 소리도 하지 말고 모르는 척해. 안 그러면 너하고 네 주인 책임이 될 걸."

그런 후 그녀는 집으로 돌아갔다. 마치 해야 할 일을 완수한 것처럼 마음이 평온했다.

샤를이 압류 소식에 기겁을 하고 집으로 돌아왔을 때는, 엠마가 막 집을 나간 뒤였다. 그는 소리를 지르고 울고 심지어 기절까지 했지만 엠마는 돌아오지 않았다. 도대체 어디로 간 걸까? 그는 펠리시테를 오메의 집, 뢰뢰의 가게, 황금사자여관으로 보내 그녀를 찾아보게 했다. 그러나 그 어느 곳에도 그녀는 없었다.

경황 중에, 땅에 떨어진 자신의 명성, 잃어버린 재산, 엉망진창이 되어버린 딸 베르트의 장래들이 눈앞에 떠올랐다. 도대체 왜! 도무지 알 수가 없어!

그는 저녁 6시까지 기다렸다가 아내가 루앙으로 간 거라고 생각하고는 큰길로 나와 5리쯤 걸어가 보았다. 그러나 아무도 만날 수 없었다. 그는 다시 집으로 돌아왔다.

엠마가 집에 돌아와 있었다.

"어떻게 된 거야? 왜 그랬어? 설명 좀 해봐요."

그녀는 책상 앞에 차분히 앉아 편지를 쓴 다음 봉인을 하고 날짜와 시간을 썼다. 그녀는 그것을 남편에게 건네면서 엄숙하게 말했다.

"내일 이걸 읽어보세요. 그때까지는 제발 한 마디도 묻지 말아주세요. 단 한 마디도."

"그렇지만……."

"아, 제발 나를 좀 내버려두세요."

그러더니 그녀는 침대에 길게 드러누웠다.

그녀는 얼핏 잠이 들었다가 입 안이 써서 잠에서 깨어났다. 눈을 살짝 떠보니 샤를이 보이기에 얼른 다시 눈을 감았다. 그녀는 고통이 찾아오는지 알아보려고 자신의 몸 상태를 유심히 살폈다. 그러나 아무렇지도 않았다. 똑딱거리는 괘종시계 소리, 불이 타오르는 소리, 곁에 서 있는 샤를의 숨소리가 들렸다.

"아! 죽음이란 건 별 거 아니네. 이대로 잠이 들면 모든 게 끝나는 거잖아."

엠마는 물을 한 모금 마시고 벽 쪽으로 돌아누웠다. 입 안의 쓰디쓴 잉크 맛은 여전했다.

"아, 목말라. 목이 타는 것 같아."

그 소리를 듣고 샤를이 말했다.

"여보, 왜 그러오?"

"아무것도 아니에요. 그냥 숨이 막히는 것 같아요. 창문을 좀 열어줘요."

그녀는 구토가 치밀었으며 무언가 얼음처럼 차가운 것이 발끝에서부터 가슴 쪽으로 차올라오는 것을 느꼈다.

이윽고 그녀가 약하게 신음을 하기 시작했고 경련을 시작했다. 그녀의 얼굴이 시트보다 더 창백해졌다. 시간이 갈수록 신음 소리가 커졌으며 나지막한 비명 소리도 터져 나왔다. 샤를이 왜 그러느냐며 안절부절못하자 그녀가 아무것도 아니라고 재차 말했다.

하지만 다시 한번 경련이 일자 그녀가 참지 못하고 고함을 질렀다.

"오, 하느님! 정말 너무 아파요!"

샤를은 황급히 침대맡에 꿇어앉았다.

"말해봐, 여보! 도대체 뭘 먹은 거요? 제발 대답 좀 해요."

엠마는 대답 대신 손가락으로 힘없이 책상 위 편지를 가리켰다. 그는 책상으로 달려가 봉인을 뜯고 큰 소리로 읽었다.

그 누구도 탓하지 마세요.

그는 잠시 눈을 비빈 다음 다시 읽기 시작했다. 그러더니 그는 일순 고함을 질렀다.

"뭐야? 아이고 사람 살려요! …… 누구 없어요!"

그러고는 "독약을! 독약을!" 하는 소리만 되풀이했다. 펠리시테가 오메의 집으로 달려갔고 오메가 광장에서 큰 소리로 외쳤고 르프랑수아 부인은 황금사자에서 그 소리를 들었다. 마을 전체가 소동에 휩싸였고 마을 사람들은 밤새 잠을 잘 수 없었다.

약제사가 샤를의 집으로 들어가 보니 샤를은 너무 놀란 나머지 아무 말도 못한 채 이리저리 부딪치며 비틀비틀 방 안을 서성이고 있었다.

샤를은 약제사에게 어떻게든 해보라고 사정했다. 자신은 경황이 없어서 도무지 어떻게 해야 할지 모르겠다고 말했다. 엠마의 편지에 자신이 먹은 독약은 비소라고 적혀 있었다.

그는 엠마 곁으로 와서 울음을 터뜨리자 엠마가 말했다.

"울지 말아요! 이제 나 때문에 괴로워할 일은 없을 거예요."

"왜 그런 거요? 누가 시키기라도 한 거요?"

"어쩔 수 없었어요, 여보."

"당신이 행복하지 않았단 말인가? 아아, 내 잘못이란 말인가? 오오, 나는 정말 하느라고 했는데……."

"그래요, 사실이에요. 당신은 좋은 사람이에요."

그 말과 함께 엠마는 조용히 그의 머리를 쓰다듬었다. 샤를에게 감미로운 느낌이 전해졌고 그 때문에 슬픔은 더 커졌다. 그녀가 그 어느 때보다 크나큰 사랑을 그에게 보여주는 바로 이 순간, 그가 그토록 바라던 바로 이 순간에 그녀를 잃어야만 한다니! 그는 너무나 절망스러웠고 그의 전 존재가 무너져 내리는 것 같았다.

그녀는 증상이 좋아지는 것 같다가 다시 심해지기를 반복했다. 그녀가 정신을 차렸을 때 딸 베르트를 데려다달라고 했고, 아이는 엄마가 무섭다며 울음을 터뜨렸다. 펠리시테는 아이를 밖으로 데리고 나갔다.

얼마 후 오메가 황급히 사람을 불러 초청한 라리비에르 박사가 도착했다. 그의 마차가 도착하자 샤를은 만세라도 부를 심정이었다. 그는 당대 최고의 의사로서 명성을 날리고 있었으며 가난한 사람들을 친자식처럼 관대하게 돌보아주었기에 거의 성자로 불리고 있었다. 그의 모습을 보자 샤를은 아내가 살아난 것과 다름없다고 생각했다.

하지만 엠마의 용태를 살펴본 후 샤를과 함께 옆방으로 간 박사의 입에서는 절망적인 말이 나왔을 뿐이었다.

"자, 이 사람아, 기운을 내게. 너무 늦었다네. 이제 어떻게 손 쓸 도리가 없네."

라리비에르 박사는 그 말만 하고 돌아갔다.

얼마 후 신부가 불려 와서 영성체를 했고 엠마는 이 세상과 하직했다.

제8장

엠마가 격렬한 경련을 끝으로 침대 위에 쓰러져 세상을 떠나자 샤를은 비명을 지르며 그녀의 시신으로 달려들었다. 오메와 신부가 이렇게 슬퍼만 할 것이 아니라 장례 준비를 해야 한다며 그를 진정시켰다. 겨우 정신을 차린 샤를은 한바탕 운 다음에 진료실에 틀어박혀 글을 썼다.

엠마가 흰 구두를 신고, 화관을 두른 결혼 드레스를 입은 채 매장되기를 바랍니다. 머리칼은 양쪽 어깨 위까지 늘어지게 해주십시오. 관은 참나무, 마호가니, 납으로 된 삼중 관을 사용해주세요. 엠마를 커다란 푸른 벨벳으로 덮어주십시오. 이게 제 뜻이니, 꼭 그대로 해주시기 바랍니다.

그 글을 본 오메가 벨벳은 군더더기이고 비용도 만만치 않다며 샤를의 생각을 돌리려 했으나 그는 당신이 상관할 바가 아니다, 당신이 그녀를 사랑한 것이 아니지 않느냐며 고함을 질렀다. 또한 신부가 지상의 모든 것은 다 허무하다며 불평 없이 하느님의 뜻을 따라야 한다고 말하자 자신은 하느님이 밉다고 화를 내며 하느님을 저주했다.

밤이 되자 각자 돌아갔던 부르니지엥 신부와 오메가 밤샘을 하러 왔다. 종교를 믿지 않는 합리주의자인 오메와 신부 사이에 기도에 대한 가벼운 논쟁이 있었지만 샤를이 들어오자 논쟁을 그쳤다. 샤를은 하염없이 엠마를 바라보았다. 이제는 슬퍼한다기보다는 넋을 잃은 것 같았다. 그는 그녀가 혹시 가사 상태에 빠진 것은 아닌지 의심했고 최면술의 기적에 대해 생각했으며, 자신이 간절히 바란다면 그녀를 다시 살릴 수도 있지 않을까 생각하기도 했다.

새벽에 샤를의 모친인 보바리 부인이 도착했다. 샤를은 어머니를 붙잡고 또다시 통곡을 터뜨렸다. 부인은 오메와 마찬가지로 장례식 비용에 대해 잔소리를 했지만 샤를이 버럭 화를 내자 입을 다물었다.

저녁이 되자 조문객들이 찾아왔다. 샤를은 일어나서 아무 말 없이 그들의 손만 잡을 뿐이었다. 집으로 갔던 오메가 장뇌, 안식향, 향초들을 잔뜩 가지고 9시쯤 다시 돌아왔다. 그가 2층으로 올라가보니 하녀와 르프랑수아 부인과 보바리 모친이 엠마에게 수의를 입히고 있었다. 그녀들은 뻣뻣한 베일로 비단 구두를 신은 엠마의 발끝까지 덮어주었다.

이윽고 늦은 시각이 되자 조문객들은 돌아가고 논쟁을 벌이던 부르니지엥 신부와 오메도 지쳐서 잠이 들었다. 샤를이 아내에게 마지막 인사를 하려고 안으로 들어왔다.

아직 향초가 연기를 내며 타고 있었고, 촛불에서 큰 촛농이 침대 시트 위로 떨어졌다. 달빛처럼 하얀 비단 위에 물결무늬가 아른거리고 있었다. 엠마의 모습은 그 아래 가려져 보이지 않았다. 샤를은 그녀가 몸 밖으로 빠져나가 자기를 둘러싸고 있는 모든 물건들 속으로, 어둠 속으로, 지나가는 바람 속으로, 밑에서 위로 올라오는 축축한 향기 속으로 스며들어 사라지는 것처럼 느껴졌다.

돌연 그에게는 토트의 뜰 안에서 가시나무 울타리를 등지고 벤치에 앉아 있던 그녀의 모습, 루앙에, 거리에, 자기 집 문턱에, 베르트의 뜰에 있던 그녀의 모습이 번갈아 보였다. 그의 귀에는 아직도 사과나무 아래서 춤추던 소년들의 즐거운 웃음소리가 들리는 것 같았다. 방 안은 엠마의 머리털 향기로 그득했으며, 그녀의 드레스는 여전히 그의 두 팔 안에서 불꽃처럼 탁탁 소리를 내며 흔들리고 있는 것 같았다. 그 드레스는 바로 지금 그녀가 입고 있는 옷, 바로 그 옷이었다.

그는 오랫동안, 그렇게 이미 사라져버린 행복을, 그녀의 태도, 몸짓, 그녀의 목소리를 하나하나 되씹었다. 그러자 절망 후에 또 다른 절망이 마치 밀물처럼 끝없이 밀려왔다.

얼마 후 일꾼들이 나타났다. 아침이 된 것이다. 그때부터 두 시간 동안 샤를은 그들이 관의 널빤지에 못을 박는 소리를 견디고 있어야만 했다. 일꾼들은 시체를 넣은 떡갈나무 관을 아래층으로 가져 간 후 준비해놓았던 두 개의 관 속에 넣었다. 삼중으로 된 관은 어마어마하게 컸다. 마침내 세 겹의 관 뚜껑에 대패질이 끝나자 못을 박고 땜질을 한 후 일꾼들은 관을 문 앞에 내놓았다. 현관문이 활짝 열리고 용빌의 주민들이 몰려들기 시작했다.

루오 영감이 도착했다. 그는 관을 덮은 검은 천을 보고 그 자리에서 기절했다.

얼마 후 의식을 회복한 루오 영감은 샤를 보바리를 껴안으며 오열했다.

"내 딸아! 엠마! 내 아기야! 이게 도대체 어찌 된 일이란 말인가!"

사위는 흐느껴 울며 대답했다.

"모르겠습니다. 저도 모르겠습니다. 어쩌다 이런 일이!"

옆에 있던 오메가 말했다.

"자, 그런 이야기는 이제 그만하지요. 사람들이 오고 있습니다. 자, 마음 굳게 먹고 의연하게……."

이 가엾은 사내는 의연해 보이려고 애를 쓰며 몇 번이고 되풀이해 말했다.

"그래, 힘을 내야지……."

종이 울리고 있었다. 모든 준비가 다 끝난 것이다. 이제 출발해야만 했다.

성당에서 장례미사가 거행된 후, 장례 행렬은 묘지로 향했다. 드디어 행렬이 묘지에 도착하자 상여꾼들이 관을 이미 파놓은 구덩이까지 가지고 갔고, 네 가닥의 밧줄이 준비되자 그 위에 관이 올려졌다. 샤를은 구덩이 속으로 내려가는 관을 바라보았다. 마침내 관이 바닥에 닿는 소리가 나더니 곧 밧줄이 올라왔다. 부르지니엥 신부는 오른손으로 성수를 뿌리면서 왼손으로 한 삽 가득 흙을 퍼서 안으로 부었다. 이어서 샤를의 차례였다. 샤를은 바닥에 무릎을 꿇은 채 두 손 가득 흙을 집어 무덤 안으로 뿌리며 "잘 가요!"라고 외쳤다. 그러더니 그는 그녀에게 손으로 키스를 보내며 자기도 함께 묻히겠다고 무덤으로 뛰어들려 했다.

사람들이 그를 억지로 끌어냈다. 그는 잠시 후 진정되었다. 아마 그도 다른 사람들과 마찬가지로 이제 모든 것이 다 끝났다는 안도감을 느꼈는지도 모른다.

장례가 끝난 후 루오 영감은 이 집에서는 도저히 잠을 이룰 수 없을 것 같다며 곧바로 베르트로 돌아갔다. 샤를의 모친은 아들과 아주 오랜만에 긴 이야기를 나누었다. 그녀는 이제 절대로 아들과 헤어지지 않겠다, 용빌로 와서 아들의 살림을 돕겠다고 말했다. 그녀는 오랫동안 잃어버렸던 아들의 애정을 되찾은 것 같아 기뻤다.

제9장

　이튿날 샤를은 유모에게 맡겨 놓았던 딸을 데려왔다. 아이는 엄마를 찾았다. 사람들은 엄마가 좀 먼 곳에 갔으며 곧 장난감을 많이 사가지고 오실 거라고 아이를 달랬다. 아이는 곧 엄마 생각을 잊고 명랑해졌다. 그 모습을 보고 샤를은 가슴이 아팠다.

　샤를이 채 정신을 차리기도 전에 돈 문제가 불거지기 시작했다. 뢰뢰가 친구인 뱅사르를 부추겨 샤를은 경황 중에 엄청난 액수의 어음을 써줄 수밖에 없었다. 모두 부채였다. 게다가 샤를은 아내가 사용하던 가구를 단 하나도 팔려하지 않았기에 사태는 더욱 심각해졌다. 어머니가 샤를에게 화를 내자 샤를은 어머니 이상으로 화를 냈다. 샤를이 완전히 딴사람으로 변해버린 것이다. 잠시 아들의 애정을 확인하고 기뻐했던 어머니는 절망해서 집을 나가버렸다.

그러자 모두들 돈을 뜯어먹으려고 그에게 덤벼들었다. 엠마에게 단 한 번도 피아노 교습을 해준 적이 없는 랑프뢰르 양은 6개월 치의 교습비를 그에게 청구했다. 책 대여점에서는 3년 치 회비를, 롤레 어멈은 스무 통 정도의 우편 요금을 청구했다. 샤를이 도대체 무슨 편지냐고 따지자 자기는 사모님이 시키는 대로 했을 뿐 아무것도 모른다고 대답했다.

빚을 갚을 때마다 샤를은 '이제 이게 마지막이겠지'라고 생각했지만 빚은 계속 튀쳐나왔다. 그는 환자들에게 치료비 미납금을 청구했다. 그러자 그들이 아내가 보냈던 편지를 보여주는 바람에 오히려 사과를 해야만 했다. 그 와중에 펠리시테는 장롱에 남아 있던 아내의 옷을 몽땅 챙겨서 도망가 버렸다.

그러던 어느 날이었다. 그는 이리저리 집 안을 돌아다니다가 다락방까지 가게 되었다. 그는 문턱에서 바닥에 떨어져 있는 작은 종잇조각을 한 장 발견하고 집어서 읽어보았다.

용기를 내요, 엠마. 용기를 내야 합니다. 나는 당신을 불행에 빠뜨리고 싶지 않습니다.

로돌프가 보낸 편지였다. 상자들 사이 마루에 떨어져 있던 것이 바람에 날려 문가까지 날아간 것이었다. 샤를은 그 자리에 꼼짝도 하지 못한 채 서 있었다. 전에 엠마가 절망에 빠져 떨어져 죽으려고 했던 사실이 그에게 떠올랐다. 바로 그 자리였다. 그는 편지 둘째 장 끝에서 작은 글씨로 쓰인 R 자를 발견했다. 이자가 누굴까? 그러자 로돌프가 뻔질나게 제 집을 드나들던 일이 생각났다. 그리고 그가 갑자기 발길을 끊은 일, 그 뒤에 몇 번인가 길에서 마주쳤을 때 그가 어색해하던 일이 떠올랐다. 그러나 그는 그 편지의 정중한 어투에 스스로를 속였다. 아니 아예, 자진해서 속아 넘어갔다고 하는 것이 옳다.

'그래, 두 사람이 아마 플라토닉러브를 하고 있었을 거야.'

샤를은 어떤 문제건 깊이 파고드는 성격이 아니었다. 그는 증거 앞에서도 뒤로 물러났고, 깊은 슬픔에 잠겨 있었기에 불확실한 일로 질투를 할 만한 여력도 없었다.

그는 '누구든 그녀를 찬미하지 않을 수 없었겠지, 남자란 남자는 모두 그녀를 숭배했을 거야'라고 생각했다. 그러자 그녀의 아름다움이 한층 돋보였고, 그녀가 지금 곁에 없기에 그녀를 향한 열정이 더욱 커졌으며 그에 따라 절망이 불타올랐다.

그는 마치 그녀가 아직 살아 있는 것처럼 그녀의 마음에 들기 위해 온갖 노력을 다했다. 그는 그녀가 좋아할 만한 에나멜 장화를 사고, 흰 넥타이를 맸으며 수염에 화장품을 발랐고, 그녀와 마찬가지로 어음에 서명을 했다. 그녀는 무덤 속에서도 그렇게 그를 타락시킨 것이다.

그는 은그릇을 하나씩 팔아야 했고 거실의 가구도 팔았다. 이윽고 그녀의 침실만 이전 그대로일 뿐 집 안은 온통 텅텅 비어버렸다. 게다가 예쁜 딸의 행색이 점점 초라해지는 모습에 그는 너무도 슬퍼졌고 그의 슬픔이 딸에게도 옮아갔다.

이제 아무도 그를 보러오지 않았다. 제 발이 저린 쥐스탱은 루앙으로 도망쳐 그곳에서 식료품 점원으로 일을 하고 있었으며 약제사의 아이들이 베르트와 놀려고 오는 횟수도 눈에 띄게 줄어들었다. 이제 그들 사이에는 확연히 신분 차이가 났고, 오메가 그들이 친하게 지내는 것을 달가워하지 않았기 때문이었다.

집안이 기울어가면서도 샤를은 끊임없이 엠마를 생각했다. 그런데 이상하게도 점차 그녀의 모습이 그의 기억 속에서 희미해져갔다. 그는 그 사실을 인정하기 어려웠고 그 때문에 절망했다.

물론 그는 거의 매일 밤 그녀의 꿈을 꾸었다. 꿈은 한결 같았다. 그가 엠마에게 다가간다. 그러나 그가 그녀를 껴안으려고 하면 그녀는 곧 그의 품에서 그대로 폭삭 썩어 무너져 내렸다.

그는 내핍 생활을 했다. 하지만 도저히 묵은 빚을 청산할 수 없었다. 뢰뢰가 어음 상환 연장을 거부했기에 곧 재산 압류가 들어올 판이었다.

샤를은 매일 엠마의 방에 들어가 그녀가 사용하던 가구들을 살펴보고 만지곤 하였다. 하지만 무슨 이유에서인지 그는 그녀가 사용하던 자단으로 된 책상 서랍을 아직 열어보지 않았다. 고인에 대한 존중심 때문인지, 그 무슨 육감 때문이지 샤를 자신도 알 수 없었다.

그러던 어느 날 그는 마침내 그 서랍을 열었다. 서랍은 온통 레옹의 편지로 가득했다. 이제는 더 이상 의심이고 뭐고 없었다. 그는 마지막 한 통까지 다 읽었다. 그러고는 눈이 뒤집혀 미친 듯 흐느껴 울며, 온갖 가구와 서랍, 심지어 벽 뒤까지도 샅샅이 훑었다. 마침내 그는 숨겨진 상자 하나를 발견하고 그것을 발로 밟아 부쉈다. 연애편지들이 흩어지는 가운데 로돌프의 초상화가 뚜렷이 보였다.

이후 샤를은 완전 두문불출이었다. 외출을 하지 않는 것은 물론, 아무도 집에 들이지 않았고 왕진도 거절했다. 사람들은 그가 집 안에 틀어박혀 술독에 빠져 있다고 수군거렸다. 호기

심을 참지 못한 사람들이 정원 울타리 너머로 발돋움을 하여 안을 살펴보기도 했다. 그러면 때에 찌든 옷을 입은 샤를이 길게 늘어진 수염을 휘날리며 엉엉 울면서 집 안을 서성이는 모습을 보고 깜짝 놀랐다.

샤를이 집 밖으로 나올 때는 딸과 함께 묘지로 갈 때뿐이었다. 그는 저녁에 집에서 나와 묘지로 갔다가 거리의 불빛이 모두 꺼진 한밤중이 되어서야 집으로 돌아왔다. 그는 함께 나눌 사람이 아무도 없는 혼자만의 고통 속에 빠져 있었다.

그러던 그가 어느 날 아르괴유 시장에 나타났다. 자신의 마지막 재산인 말을 팔기 위해서였다. 그런데 그곳에서 그는 로돌프와 마주쳤다.

둘은 서로를 알아보고 얼굴이 창백해졌다. 로돌프는 장례식 때 참석하지 못해 미안하다고 말한 후 어디 가서 맥주나 한잔하자며 그를 술집으로 데려갔다.

이윽고 그들은 마주 보고 앉았다. 로돌프는 책상에 팔꿈치를 괸 채 여송연을 피우며 이야기를 했고 샤를은 엠마가 사랑했던 남자를 눈앞에 두고 공상에 잠겼다. 마치 아내의 일부분을 눈앞에서 보는 것 같았다. 정말 이상한 일이었다. 샤를은 자기가 이 남자였더라면 하는 생각까지 했다.

로돌프는 농사에 관한 이야기를 쉬지 않고 늘어놓았다. 그런 이야기들을 하면서 뭔가 꺼림칙한 이야기가 나오는 것을 막기 위해서였다.

하지만 샤를은 그의 이야기를 듣고 있지 않았다. 그는 추억에 잠겨 있었고 그에 따라 시시각각 얼굴 표정과 낯빛이 바뀌었다. 이윽고 그의 얼굴빛이 점차 붉어지더니 콧김이 급해지고 입술이 떨리기 시작했다. 어느 순간 샤를이 슬픔과 분노에 찬 얼굴로 로돌프를 노려보자 로돌프는 말문을 닫았다. 그러나 샤를의 얼굴은 곧바로 권태로운 표정으로 되돌아갔다.

샤를이 말했다.

"나는 당신을 원망하지 않아요."

로돌프는 입을 열지 않았다. 그러자 샤를은 두 손으로 머리를 감싸 안은 채 꺼져가는 목소리로 말했다. 무한한 슬픔과 체념이 담긴 목소리였다.

"그래요, 나는 이제 더 이상 당신을 원망하지 않아요."

그러고는 그의 입에서 단 한 번도 나오지 않았던 엄청난 말을 덧붙였다.

"운명 탓이지요!"

그 운명에 일조했던 로돌프는 그런 말을 하는 샤를이 참으로 우스꽝스러우면서 비굴하게 여겨졌다. 그는 생각했다.

'이런 상황에서 그런 말을 하다니! 하지만 어쨌든 참 좋은 사람인 건 사실이야.'

다음 날 샤를은 정자 아래 있는 의자에 앉아 있었다. 나뭇잎 사이로 햇살이 새어 들어오고 있었고 모래 위로는 포도나무 잎 그림자들이 어른거리고 있었다. 재스민 꽃이 향기를 내뿜고 있었으며 하늘은 푸르렀고 딱정벌레들이 만발한 백합꽃 주변을 윙윙거리며 날아다니고 있었다. 샤를은 마치 사춘기 소년처럼 몽롱한 사랑의 향기에 가슴이 부풀어 오르는 것 같았고 이윽고 숨이 막혀 왔다.

7시가 되자 오후 내내 아버지 모습을 보지 못한 어린 베르트가 저녁을 먹자고 그를 부르러 왔다.

그는 눈을 감고 입을 벌린 채 뒤로 젖힌 머리를 벽에 기대고 있었다.

"아빠, 어서 오세요"라고 베르트가 말했다.

아버지가 가만히 있자 어린 딸은 아버지가 장난을 하는 줄 알고 몸을 가만히 밀었다. 그는 바닥으로 굴러 떨어졌다. 그는 죽어 있었던 것이다.

보바리 부인

서른여섯 시간 후 오메의 청으로 의사가 달려와 해부를 해보았지만 아무것도 발견하지 못했다. 장례 후 모든 것을 다 팔고 빚 정산을 해보니 12프랑 75상팀이 남아 있을 뿐이었다. 사람들은 그 돈을 여비로 해서 베르트를 할머니에게 보냈다. 하지만 노부인도 그 해에 세상을 떠났다. 루오 영감은 중풍에 걸려 반신불수가 되었기 때문에 베르트는 한 친척 아주머니가 맡았다. 그녀는 가난했기에 생활비를 벌기 위해 베르트를 방직공장으로 보냈다.

보바리가 죽은 후 세 사람의 의사가 잇따라 용빌에서 개업을 했지만 그 누구도 성공할 수 없었다. 오는 족족 오메가 그들의 약점을 잡아 맹렬하게 공격했기 때문이었다. 오메는 엄청나게 많은 단골을 갖게 되었다. 당국은 그를 눈감아 주고 있었고 여론도 그를 보호해주고 있었다.

최근에 그가 레지옹 도뇌르 훈장을 받았다는 사실을 마지막으로 밝혀둔다.

『보바리 부인』을 찾아서

플로베르(Gustave Flaubert, 1821~80)는 발자크(Honoré de Balzac 1779~1850)와 더불어 프랑스를 대표하는 양대 사실주의 작가로 꼽힌다. 하지만 그중에 대표적 사실주의 작가를 딱 한 명 꼽으라면 많은 사람들은 주저 없이 플로베르의 이름을 든다. 그리고 플로베르를 프랑스 사실주의의 기수로 꼽게 만든 것이 바로 우리가 읽은 『보바리 부인』이다.

1856년에 발표된 『보바리 부인』을 플로베르가 쓰기 시작한 해는 1851년으로 알려져 있다. 거의 6년 가까이 공을 들여 작품을 쓴 것이다. 누가 봐도 단단히 마음먹고 쓴 작품이라는 것을 알 수 있다. 그가 그렇게 단단히 마음을 먹은 것은 당시 프랑스 문단의 주류로 자리 잡고 있던 낭만주의를 공격하기 위해서이다. 프랑스 낭만주의는 1820년부터 1850년까지 프랑스 문단을 주도했던 문예사조다. 그러니 발자크가 작품 활동을 하던 시기는 낭만주의가 문단을 주도하던 시기와 겹치고, 그의 작품에는 낭만주의적 색채가 아주 짙게 배어 있다. 플로베르는 그런 낭만주의적 색채를 완전히 걷어낸 새로운 작품을 쓰고자 6년 동안 각고의 노력을 한 것이다.

그렇기에 플로베르의 작품을 재미있게 읽으려면 낭만주의와 사실주의에 대해 조금은 사전 지식이 있어야 한다.

사실 낭만주의와 사실주의는 일란성 쌍둥이라고 보면 된다. 둘 다 고전주의에 반기를 들고 태어났기 때문이다. 게다가 사실주의도 처음에는 낭만주의를 구호로 내걸었다. 많은 사람이 스탕달(Stendhal, 1783~1842)이 한 "소설가는 거울을 들고 다니는 사람이다"라는 말을 사실주의 선언으로 이해한다. 그런데 정작 그가 겉으로 표방한 것은 사실주의가 아니라 낭만주의이다. 그는 "낭만주의란 사람들에게, 그들의 현 상태의 관습과 믿음 내에서 그들에게 가능한 한 많은 즐거움을 줄 수 있는 문학 작품을 제공하는 예술이다"라고 썼다. 요컨대 고전주의의 '시대를 초월한 절대성'에 반기를 들고 '시대적 상대성'을 내세운 새로운 예술을 그는 낭만주의라고 지칭한 것이다.

그런데 같은 낭만주의를 표방했으면서도 그와는 전혀 다른 길을 걸은 사람들이 있다. 고전주의가 내세운 절대적이고 보편적인 규범 타파를 외치면서 개인의 독창성을 강조하는 사람들로서 빅토르 위고(Victor Hugo, 1802~1885)가 대표 주자다.

위고는 독창적인 예술가가 되려면 대가를 모방해서는 안 된다고 말한다. 그럴 경우 기껏해야 버섯이나 이끼가 될 수 있을 뿐이라고 말하면서 개인이 자연으로부터 부여받은 개성에 따라 자기만의 작품을 쓸 수 있어야 한다고 말한다. 똑같이 낭만주의를 표방했으면서도 스탕달 같은 작가는 자신이 몸담고 있는, 자기 눈에 보이는 현실을 중시하고 위고 같은 작가는 한 개인이 지닌 독창적 개성을 중시한다. 따라서 전자의 경우는 자기가 살고 있는 세상을 두 눈 뜨고 제대로 보는 것이 중요하다고 말하고 후자의 경우는 자기 내면의 목소리에 귀를 기울이는 것이 중요하다고 말한다. 그리고 좁은 의미에서의 낭만주의는 후자에 속하고 전자는 사실주의의 길을 가게 된다.

19세기 프랑스 문단에서 먼저 주류로 자리 잡은 것은 낭만주의이다. 라마르틴(Alphonse de Lamartine, 1790~1869), 샤토브리앙(François-René de Chateaubriand, 1768~1848), 뮈세(Alfred de Musset,

1810~57) 등의 시인들을 중심으로 한 낭만주의자들은 주로 개인의 감정 토로를 통해서, 자기도 모르게 찾아오는 애수와 우울, 애절한 사랑, 이국 취향적인 꿈들을 노래하면서 사람들의 마음을 사로잡는다. 그러한 낭만주의가 나중에 '병든 낭만주의'라는 조롱 섞인 비판을 받게 되는 것은, 그들이 그리는 세상이 철저히 이 세상을 외면하고 그 어딘가 막연한 곳을 꿈꾸는 방향으로 흘러갔기 때문이다. 심한 경우 '이곳만 아니라면 그 어디라도 좋다'는 식의 무작정 탈출을 꿈꾸었기 때문이다. 프랑스에서 낭만주의 사조가 유행이었다는 것은 그런 꿈을 꾸는 젊은이들이 많았다는 뜻으로 이해해도 된다.

플로베르가 낭만주의에 반기를 들고 『보바리 부인』을 쓴 것은 바로 그러한 분위기에서다.

그리고 보면 소설 속의 여주인공 엠마의 모습은 그러한 병든 낭만주의에 물든 사람들을 대표한다고 보아도 된다. 작품 속에서 엠마를 묘사한 몇 구절만 인용해도 우리는 그 모습을 쉽게 그려볼 수 있다.

결혼 전, 그녀는 자기가 사랑을 하고 있다고 믿었다. 그러
나 그 사랑에 의당 뒤따라야 할 행복이 오지 않았다. 그

녀에게는 자기가 잘못 생각한 게 틀림없다는 생각이 들었다. 엠마는 책을 읽을 때 그렇게 아름답게 보였던 기쁨이니 정열이니 황홀이니 하는 것들, 자기가 지금 맛보고 있지 못하는 그런 것들이 진정으로 무엇을 뜻하는지 알고 싶었다. (44~45쪽)

그녀가 그렇게 생각하는 것은 그녀의 세상이 '지금 그녀가 몸담고 있는 현실이 아니라 책을 읽으면서 그려본 꿈속에 있었기'(46쪽) 때문이다. 그녀가 책에서 읽은 결혼은 화려하고 감동적이며, 자신이 천상에 속해 있다고 믿게 만드는 멋진 정념과 함께 하는 것이었다.

그런데 결혼이란 게 이렇게 평온할 수 있다니! 이런 것이 그녀가 그토록 꿈꾸어 왔던 행복이라고 그녀는 도저히 생각할 수 없었다. (49쪽)

이상이 바로 쥘 드 고티에라는 사람이 '보바리슴Bovarisme'이라고 일컬은 심리적 성향을 압축해 보여준다. 소설 속에서 읽은 세상을 실제의 세상과 혼동하고 그 둘 사이에서 괴리감을 느끼는 것이 바로 보바리슴이다. 보바리슴에 젖으면 소설 속의 엠마처럼, 자기 자신을 있는 그대로의 자신과는 다른 모습으로 그리기 시작한다. 자신이 현실 속에 존재하는 게 아니라 소설 속에 존재하는 것으로 착각하는 것이다.

따라서 현실 속에서 매일 만나는 사람, 주변에서 매일 벌어지는 일들이 너무나 평범하고 진부하게 느껴진다. 그리고 드디어 자신의 처지를 한탄한다. 엠마의 다음과 같은 한탄을 보자.

> 결국 그녀는 "아아, 내가 왜 결혼을 했던가!"라고 한탄하기 시작했다. 그리고 다른 남자를 만났을 수도 있지 않았을까, 상상하기 시작했다. 그리고 상상 속의 남자와 만나 누렸을 지금과 다른 생활을 머릿속으로 그려보았다. 그 상상 속에서 미지의 남자는 언제나 미남이었고 재치가 있었으며 매력적이었고 남들보다 뛰어난 품격을 지니고 있었다. (53쪽)

그 결과 우리가 앞서 말한 병든 낭만주의적 성향이 그대로 드러나게 된다.

그리고 그 상상 속에서 그녀 주변에서 가까이 보이는 익숙한 모든 것들로부터 가능한 한 멀리 달아났다. 권태롭기만 한 시골, 어리석은 소시민들, 그들의 평범한 생활 등, 그녀를 둘러싸고 있는 모든 것들은 모두 이 세상 밖의 예외적인 것들로 여겨졌으며 자신은 어쩌다 그 덫에 잘못 걸려든 것처럼 생각되었다. (61~62쪽)

그러고는 무언가 새로운 일이 벌어지기를 기다린다. 일상에서의 무조건적인 탈출을 기다리는 모습이다.

그녀는 마음속으로 뭔가 돌발 사건이 일어나기를 기다리고 있었다. 마치 난파선의 선원들처럼 그녀는 절망적인 눈초리로 저 멀리 수평선에 흰 돛이 나타나기를, 고독 속에 방황하며 기다리고 있었다. (……) 그녀는 매일 아침 눈을 뜰 때마다 그 일이 바로 오늘 벌어지기를 바랐다. 그녀는 온갖 소리에 귀를 기울였고, 벌떡 일어나기도 했다. 그러고는 아무 일도 없이 또 하루가 지나가는 것에 대해 의아하게 생각했고 석양이 질 무렵이 되면 한층 더 서글픈 마음이 되어 어서 내일이 오기를 기다렸다. (64~65쪽)

보바리 부인

248

플로베르의 『보바리 부인』은 자신이 몸담고 있는 현실을 자신을 묶어두는 덫으로 생각한 여주인공이 파멸에 빠지는 이야기이다. 자신만 파멸에 빠지는 게 아니라 그녀를 진정으로 사랑했던 남편과 가족 모두를 파멸에 빠뜨리는 비극적 이야기다.

그녀를 파국에 빠뜨린 것은 절대로 현실이 아니다. 그녀는 현실이라는 덫에 치여 파멸에 이른 게 아니다. 그녀가 파멸에 이른 것은 그녀가 실제로 그 안에 살고 있는 엄연한 현실을 덫이라고 생각했기 때문이다. 그러니 그녀를 파멸로 이끈 덫은 바로 그녀만의 환상이다. 이 소설은 그녀가 그 환상에서 깨어나지 못했기에 파국에 이르는 모습을 우리에게 보여준다.

그녀는 언제 그 환상에서 깨어나는가? 바로 죽음을 맞이하면서이다.

그녀는 죽음을 앞에 두고도 "아! 죽음이란 건 별 거 아니네. 이대로 잠이 들면 모든 게 끝나는 거잖아"라는 환상에 젖는다. 그녀는 최후의 순간까지 그저 병들어 쇠약해진 소설 속의 주인공에서 벗어나지 않는다. 그러나 곧 고통이 찾아오고 괴로움에 시달리다 죽음을 맞는다. 그녀가 그때 무엇을 깨달았을까? '아, 삶이란 소설이 아니라 내 몸으로 직접 체험하는 것이구나'라는 탄식을 하지 않았을까?

이렇게 읽으면 플로베르가 이 소설을 통해 우리에게 보여주고자 했던 것이 무엇인가는 너무나 자명하다. 『보바리 부인』은 단순히 허영에 들떴던 한 시골 마을 의사 부인이, 불륜을 저지른 후 파멸에 이르는 과정을 보여주는 소설이 아니다. 당시 사람들을 사로잡고 있던 낭만주의가 보여주는 이상과 꿈은 시효가 지났음을, 낭만주의가 보여주는 이상은 현실도피에 불과하다는 것을 보여주는 소설이며 그런 의미에서 문학사적으로 대단히 중요한 소설이 된다.

우리는 이 소설을 읽으면서 헛된 꿈보다는 내가 구체적으로 몸담고 있는 현실이 중요하다는 깨달음을 얻을 수도 있다. 이 세상 살면서 중요한 것은 내가 구체적으로 몸담고 있는 현실을 직시하는 것이며, 그러기 위해서는 내 마음속에 자리 잡고 있는 이상을 향한 꿈을 경계해야 한다고 다짐하며 읽을 수도 있다. 엠마가 되지 않도록 경계하며 살아야 한다고 결심할 수도 있다.

그러나 그렇게 결심하는 순간 은근히 다른 생각이 들 수도 있다. 도대체 꿈과 이상이 없는 세상이 가능한가? 우리의 삶이란 우리가 꿈과 이상을 버리고 현실을 직시할 때만 그 모습을 제대로 드러내는 것인가? 현실과 꿈이란 그렇게 둘 중 하나를 택해야만 하는 이항 대립적 대상인가? 낭만주의와 사실주의는 그렇게 영원히 대립적일 수밖에 없는가?

사실 그 질문은 아주 큰 질문이다. 그리고 은근히 우리에게 사실주의 편을 들거나 낭만주의 편을 들기를 강요한다.

하지만 단도직입적으로 말하자. 우리는 낭만주의자가 될 필요도 없고 사실주의자가 될 필요도 없다. 낭만주의자 중에도 빅토르 위고 같은 거장이 있으며 병든 낭만주의자들이라 폄하받은 작가들의 작품들도 우리에게 감동을 줄 수 있다.

보다 더 정확히 말하기로 하자. 우리는 엠마를 비난할 수도 있고, 엠마처럼 되지 않겠다고 결심할 수도 있지만, 절대로 엠마 같은 사람은 될 수 없다. 엠마처럼 완전히 보바리슴에 빠져서 살 수 없다. 그녀는 소설 속에 존재하는 인물일 뿐이다.

반대로 우리는 엠마가 꿈꾸던 것, 엠마가 그리던 것을 완전히 배제한 그런 삶을 살 수도 없다. 우리는 언제나 우리에게 주어진 있는 그대로의 삶을 받아들이고 직시하면서만 살 수는 없기 때문이다. 우리는 끊임없이 그 어디론가 탈출을 꿈꾼다. 혹은 잠에서 깨어났을 때 다른 세상이 눈앞에 펼쳐져 있기를 꿈꾸기도 한다. 그것 또한 엄연한 우리의 현실이다.

이렇게 묻자. 엠마가 꿈꾸었던 아름다운 사랑이란 환상이다.

그런 건 더 이상 이 세상에 존재하지 않는다. 이 세상에 더 이상 이상적이고 목가적인 사랑, 순수한 사랑이란 존재하지 않으며, 세상은 속물화되어 간다. 그렇다면 어떻게 해야 하는가? 그런 것들에 대한 기대를 접고 있는 그대로 현실을 보아야 하는가? 아니면 이 타락한 세상에서 아직도 그런 것들이 어떻게 존재할 수 있는지 어떻게 유효할 수 있는지 묻고 그 방법을 찾아야 하는가?

플로베르의 『보바리 부인』이 전자라면 빅토르 위고의 『레 미제라블』은 후자다. 플로베르의 사실주의는 사실을 있는 그대로 묘사하는 것이 아니다. 사실주의자는 꿈을 꾸는 것보다는 현실을 직시하는 게 중요하다고 주장한다. 반대로 낭만주의는 현실을 주관적으로 왜곡하여 그리는 게 아니다. 낭만주의자는 있는 그대로의 현실을 똑바로 보는 것보다는 꿈꾸는 게 더 중요하다고 주장한다.

그런데 사실주의자의 대가로 인정받는 플로베르 자신이 아주 묘한 발언을 했다. 그가 "보바리 부인, 그것은 바로 나다"라고 말한 것이다. 나는 그의 그 말을 작가란 언제고 꿈을 꾸는 존재라는 것을 그가 천명한 것으로 읽는다. 작가라는 것은 엠마처럼 결국 좌절될 수밖에 없더라도 꿈을 꿀 수밖에 없는 존재라는 것을 밝힌 것으로 읽는다. 무엇이 그의 꿈이었을까? 속물화되어 가는 세상, 이상과 꿈이 사라져가는 세상에서, 그 속물적인 존재들을 향한 감정적 혐오와 분노를 표출하는 것으로는 부족하다고, 그 속물적인 존재들 때문에 내동댕이쳐진 가치들을 소리 높여 외친다고 해서 세상이 좋아지지는 않는다는 것을 냉정하게 보여주려는 것, 그게 바로 그가 꾼 꿈이 아닐까? 그리고 그의 그러한 꿈을, 우리의 감정이나 영혼에 호소하는 것이 아니라 우리의 합리적 판단에 맡겨버리는 방법을 택한 것이 아닐까? 비록 그 꿈이 좌절되더라도 그 꿈은 필요하다는 것을 역설적으로 보여준 것이 아닐까? 그가 『보바리 부인』을 통해 보여주려 한 것은 엠마의 부도덕성이 아니라 엠마의 절망, 엠마를 파멸로 이끈 당시 속물화된 사회의 냉혹한 현실이 아니었을까?

플로베르는 프랑스 서북부에 있는 루앙에서 1821년에 시립병원 외과 과장이었던 아실 플로베르의 넷째 아들로 태어났다. 그는 파리에서 법률을 공부했다. 하지만 어렸을 때부터 문학에 심취했던 그는 법률 공부는 등한시하고 막심 뒤 캉, 빅토르 위고 등의 문인들과 교류하면서 지냈다.

그러던 그에게 간질 발작이 일어나자 그는 1844년 루앙 근처 센 강변의 크루아세라는 마을로 내려간다. 그는 그곳에서 일평생 독신으로 지내며, 잠시 근동 일대 여행을 한 것을 제외하고는 그곳에 머물며 소설 집필에 몰두했다. 그는 1846년부터 희곡 『성(聖) 앙투안의 유혹』 집필을 시작해서 1849년 탈고했다. 하지만 그 작품은 친교를 맺고 있던 문인들에게 혹평을 받는다. 그들은 그에게 그런 서정주의적인 작품 말고 발자크의 작품 같은 원고를 쓰라고 충고한다. 『보바리 부인』은 그 충고를 받아들여 쓰기 시작한 작품이다.

『보바리 부인』은 발표하자마자 대성공을 거둔다. 하지만 풍속 위반이라는 혐의로 경범 재판을 받게 되고 플로베르는 법정에 소환된다. 세나르라는 뛰어난 변호사의 도움도 받았지만 플로베르는 직접 자기 변론을 하여 무죄 판결을 받아내는데, 그 변론에서 자신의 작품이 낭만주의 작품과 어떻게 다른가를 정확하게 밝힌다. 그 결과 『보바리 부인』은 더욱 큰 명성을 얻게 되고 플로베르는 일약 사실주의의 거두가 된다.

이후 그는 『살람보』 『감정 교육』 『부바르와 페퀴셰』 등의 중요 작품들을 집필하며, 사실주의의 거두로서 지위를 공고히 했다. 그는 1880년 그 전해에 빙판에서 넘어져 입은 골절상 때문에 병상에 누워 있다가 세상을 떠난다. 루앙에서 거행된 그의 장례식에는 에밀 졸라, 알퐁스 도데, 에드몽 드 공쿠르, 테오도르 방빌, 기 드 모파상 등의 후배 문인들이 찾아와 그의 죽음을 애도했다.

『보바리 부인』은 문학적으로 높은 가치를 지니고 있으면서도 대중적인 인기를 끈 대표적 작품 중 하나다. 이 소설은 1932년 알버트 레이 연출로 영화화된 이래, 이듬해 장 르누아르 감독이 영화화했으며 2015년 소피 바르트 연출 영화까지 20편 가까이 영화로 제작되었다.

1951년에는 오페라로 만들어지기도 했으며 그 외에도 수많은 연극, 만화로 각색되어 사람들의 사랑을 받았고 지금도 받고 있다.

보바리 부인
생각하는 힘: 진형준 교수의 세계문학컬렉션 57

펴낸날	초판 1쇄 2021년 4월 12일

지은이	귀스타브 플로베르
옮긴이	진형준
펴낸이	심만수
펴낸곳	(주)살림출판사
출판등록	1989년 11월 1일 제9-210호

주소	경기도 파주시 광인사길 30
전화	031-955-1350 팩스 031-624-1356
홈페이지	http://www.sallimbooks.com
이메일	book@sallimbooks.com

ISBN	978-89-522-4291-4 04800
	978-89-522-3984-6 04800 (세트)

※ 값은 뒤표지에 있습니다.
※ 잘못 만들어진 책은 구입하신 서점에서 바꾸어 드립니다.

책임편집 최정원